M. Powell

Der große Lindwurm

h. Kilmann
2015

Bibliografische Information der Deutschen Nationalbibliothek
Die Deutsche Nationalbibliothek verzeichnet diese Publikation
in der Deutschen Nationalbibliografie; detaillierte bibliografische
Daten sind im Internet über http://dnb.ddb.de abrufbar.

ISBN 978-3-940751-68-3

www.mitzkat.de

Marrie Powell

Der große Lindwurm

Ein Lesebuch aus dem Weserbergland

Verlag Jörg Mitzkat

Holzminden 2014

Für Gerd Schuster in Hamburg,
meinen alten Inspirator ...

Inhalt

1. Muckefuck zum Frühstück 7
2. Samstag – Der Sonntag wird eingeläutet 11
3. Das Ackerbürgerhaus 19
4. Buntsandstein und Buchengrün 25
5. Wir sind Selbstversorger 29
6. Kinderarbeit 35
7. Ganz normaler Alltag 43
8. Am Wasser 51
9. Gerüche und Geräusche. Der Geschmack 53
10. Das Sammeln:
    Die Landschaft ernährt den Menschen 59
11. 50er Jahre-Kultur im Weserbergland 63
12. Abends im Stall 73
13. Postauto und Hasenbrot 77
14. Sprache 83
15. Frühling 85
16. Aberglaube 91
17. Nachkriegswehen 97
18. Sommer 103
19. Geheime Orte 109
20. Herbst 113
21. Im Laden 119
22. Winter 125
23. Der große Lindwurm 131

Blick auf Eschershausen, 1955.

MUCKEFUCK ZUM FRÜHSTÜCK

Immer, wenn Onkel Rudolph in Breitenkamp morgens nach dem Füttern und Melken aus dem Stall kommt, setzt er sich in der Küche auf das alte, braune Sofa mit Einbrennmuster und isst erst mal Plocken. Eingeplocktes – das ist alltägliche Gewohnheit und bäuerliche Frühstückstradition.

Das altbackene Brot, in Stücke geschnitten, liegt schon im dicken, weißen Suppenteller bereit: Darüber gießt Tante Anna heiße Milch und der Onkel streut sich dann noch reichlich Zucker darüber. In der riesigen blau-weißen Zwiebelmusterkanne wartet schon der Muckefuck, der Kornkaffee. Der wird dann aus den großen, ebenfalls blau-weißen Tassen heiß geschlürft. Dieser Malzkaffee wird oft und gern getrunken; er schmeckt auch im lauwarmen Zustand noch ganz gut. Dosenmilch gibt es nicht; man hat eigene, sahnige Kuhmilch.

Der kostbare Bohnenkaffee aus Kaffeebohnen ist nach dem Krieg unerschwinglich und wird höchstens am Sonntag, zu Geburtstagen oder zum Muttertag getrunken. Dann inhalieren alle seinen Duft. Man kauft den Bohnenkaffee sogar noch in kleinen Tütchen, zu Achtelpfunden, denn er ist wahrer Luxus! So ein Tütchen ist die Füllung einer einzigen bäuerlichen Kaffeekanne!

Jetzt, im Rückblick, gefällt es mir sehr, wie wir doch unsere Nahrungsmittel geschätzt haben. Wir können sie noch richtig genießen: Ihren Duft, ihr Aroma, ihre Struktur und Frische. Die vielen einfachen Dinge. Wir teilen uns das Vergnügen ...

Unseren Muckefuck jedenfalls gibt es immer und für jeden, Erwachsene und Kinder. Am Tag steht die

Kanne immer auf dem Herd bereit, unter einer braunen schweren, gehäkelten und gefütterten Kaffeemütze und jeder schenkt sich nach Bedarf daraus ein.

Wenn Onkel Rudolph nun sein „Eingeplocktes" ausgelöffelt hat, schneidet Tante Anna noch dicke Scheiben vom selbstgebackenen Graubrot ab. Die werden dann mit Butter bestrichen und mit reichlich eigener Marmelade – meistens Sauerkirsch, Stachelbeere oder Pflaumenmus – aus Früchten des eigenen Gartens gegessen. Manchmal gibt es auch edle Erdbeermarmelade. Oder Himbeer- oder Brombeermarmelade, deren Beeren die Kinder gesammelt haben. Oft aber gibt es auch Rübensaft oder Apfelmus aufs Brot. Wurst oder Fleisch am Morgen zu essen, ist unüblich. Erst abends gibt es das. Seltener gibt es Käse, denn den muss man zukaufen. Man isst überwiegend Eigenes.

Wir Kinder lieben Rübensaft; er macht herrlich klebrige Finger und schmeckt immer gut. Die Erwachsenen aber halten sich bei allem, was aus Rüben gemacht ist, sehr zurück; sie assoziieren Rüben immer noch mit Krieg und Mangel. Bis auf den Rübensaft kann ich mich nicht erinnern, jemals ein Rüben-Essen in meiner Kindheit bekommen zu haben!

Zwetschenmus gibt es oft, vor allem in den Jahren mit Pflaumenschwemme. Das gibt es dann in mittelgroßen Steinguttöpfen, genannt „Gröppen". Das Mus wird mit einer Schicht Talg darüber haltbar gemacht und dann wird der Steintopf zusätzlich mit einem Stück Pergament und einer Schnur verschlossen. Kleine Marmeladengläser gibt es so gut wie nicht. Auf dem Hof würden sie sich sowieso nicht lohnen, denn es gibt immer viele Esser. Solch ein Steintopf voll Mus hält auch nicht allzu lange.

Oft kommt Besuch vorbei und bespricht meistens landwirtschaftliche Angelegenheiten. Natürlich essen die Besucher häufig mit; da wird kein großer Aufwand gemacht. Es ist undenkbar, jemanden unbewirtet am Tisch mit sitzen zu lassen. Schnell werden Teller und Tassen dazu gestellt. Man rückt ein wenig auf dem Küchensofa zusammen, und weiter gehts ...

Nach dem Frühstück teilt der Onkel meistens noch mit knappen Worten mit, was für den Tag geplant ist, erhebt sich und verschwindet. Das Wohnhaus gehört nun wieder in weibliche Hände. Und Arbeit ist immer. Abwaschen, Betten machen, Küche und Diele fegen. Essen vorbereiten, Garten, Hühner und Hofhund füttern, Eier holen, Wasser holen.

Und so – oder ziemlich ähnlich – beginnt der Tag überall bei unsern bäuerlichen Cousins, Cousinen, Onkeln und Tanten. In Eschershausen, Heinade, Breitenkamp, in Grohnde und Bisperode, in Bevern, Rühle, Lüthorst, Dielmissen, Holzen und Holenberg ...

In Eschershausen herrscht mein Großonkel Friedrich über sein Ackerbürgerhaus, seinen Erbhof in Eschershausen. Wir, das sind meine Großeltern, meine Mutter und ich – haben verbrieftes Wohnrecht in der gesamten linken Haushälfte und ich glaube ganz lange Zeit, das schöne alte Haus sei unser eigenes. Meine Mutter und mein Großvater betreiben das Erbe meines Vaters – eine kleine Buchhandlung. Ich pendele zwischen den beiden Welten, Laden und Hof, hin und her.

In der Küche unseres Ackerbürgerhauses sieht es nach dem Krieg und in den Fünfzigern fast genauso aus wie in den meisten Küchen aller unserer bäuerlichen Verwandten im Weserbergland. Die Wände werden immer wieder weiß gekalkt, die dunklen Eichenbalken schauen überall hervor. Nach dem Trocknen der Kalkschicht tragen die Frauen mit einem Gummiroller blaue, grüne oder braune Farbmuster auf. Das geht sehr schnell und ist in wenigen Stunden fertig. Die Stube bleibt meistens schlicht weiß. Die Küchen aber müssen immer auch ein bisschen was Fröhliches und Blumiges aufweisen. Unsere Küchenmuster sehen meistens aus wie vergrößerte dicke hellblaue Blütenblätter von Stiefmütterchen oder Männertreu.

Die Küchen und Dielen, Waschküche und Keller besitzen allesamt Steinfußböden, meistens aus dem schönen Sandstein unserer Gegend, der bei Nässe immer diesen herrlichen Erikaton bekommt. Der Sandstein kann schnell wieder gefegt und geschrubbt werden. In fast jeder Küche befindet sich der große, breite Spülstein (auch aus Sandstein), der aussieht wie ein Riesentrog mit Auslauf nach draußen in eine Rinne, die zum Jaucheloch im Hof abführt. In dem großen Spülstein wird der Abwasch getätigt, die kleinere Wäsche eingeweicht und dann gewaschen, hier werden Kartoffeln abgegossen und Gemüse geputzt. Über Eck daneben steht massiv der überdimensionale Küchenherd. Für unsere heutigen Begriffe ist er riesig, mit 5 Feuerlöchern, immer mit großem Flötenkessel darauf. An seinem hinteren Rand stehen mehrere eiserne Bügeleisen in unterschiedlichen Größen schon parat. Unter dem Herd ist immer alles vollgepackt mit reichlich Feuerholz, Reisig, Anmacheholz und Tannenzapfen. Ein langstieliges schwarzes Waffeleisen hängt hinten an der Wand. Ein großer Topf steht immer hinten auf dem Herd und sein Inhalt schmurgelt langsam vor sich hin: Suppen, Brühen,.... Zum Warmhalten steht dort auch immer die große bewährte blau-weiße Kaffeekanne.

Die Küche ist immer der wärmste Ort, denn schließlich wird mit Holzfeuer gekocht, gebacken, heißes Wasser bereitgestellt. Hier wäscht man sich am Spülstein. Hier braucht man immer wieder heißes Wasser zum Auswaschen der Milchsiebe, für die Putzeimer, für die Kleinkinder.

Ich sehe, höre und rieche immer noch die Samstage meiner Kindheit. Vor meinen Augen erscheinen die großen – nach einem Regen satt-erikaroten Bürgersteige aus Sandsteinplatten, die sich durch den ganzen Ort ziehen und die bei uns noch immer „Trottoir" genannt werden. An Sonnabend werden sie eifrig und hochkonzentriert geschrubbt und die Seifenwasserlachen mit dicken Blasen darauf schwappen dabei in die Gosse. Überall quietschen Fensterleder und fusselige Mopps bibbern ihren Staub aus den Fensteröffnungen heraus. Gelbe Staubtücher flackern, wenn man in die Fenster schaut.

Man ist sehr beschäftigt, aber man lächelt auch mehr als sonst, denn das Wochenende steht vor der Tür und bedeutet: Ausruhen. Familie. Länger schlafen. Lange klönen in der guten Stube, bis noch spät abends.

Die Frauen und Mädchen bügeln noch ihre Kleidung, um zum Wochenende und für die kommende Woche frische Sachen zum Anziehen zu haben. Es gibt weder elektrische Herde noch elektrische Bügeleisen noch elektrische Lockenzangen noch elektrische Heizkissen noch elektrische Kühlschränke. Die Bügeleisen sind schwer, ganz aus Eisen und stehen hinten auf dem Herd. Man kann sie nur mit dicken Topflappen greifen und muss zum Abschätzen der richtigen Temperatur draufspucken. Am Spucketropfen sieht man dann, ob das Eisen zum Bügeln der leinen Bett- und Tischwäsche heiß genug ist. Tanzt er vor der Verdunstung, ist das ein Zeichen, dass das Eisen richtig schön heiß ist. Passiert nichts, ist das Eisen noch zu kalt. Ideal ist eine immer kleiner werdende, tanzende Kugel.

Die Wäsche wartet schon, eingesprengt mit Wasser, im großen Weidekorb. Eine dicke alte Baumwolldecke ist schon auf dem Küchentisch ausgebreitet. Und dann geht es los. Das bummert und donnert, wenn das schwere Eisen aufgestoßen wird. Das Leinen wird glatt und glänzend. Damals gibt es keine pflegeleichten Materialien. Alles muss gebügelt werden. Und wenn die Mädchen abends ins Kino oder zum Tanzen gehen wollen und ihr bestes Kleid hat auch noch Rüschen, dann muss das ganz kleine Eisen her, damit jede Rüsche bestens ausgebügelt wird. Das dauert!

Immer wieder kommt man auf den Krieg zu sprechen, beim Essen, beim Abwaschen, wenn Besuch da ist. In den Erzählungen der Erwachsenen geistert Stalingrad herum, die Rede ist von Panjewagen, Minentreten, Gefangenschaft und von den vielen Bomben, die meine Mutter mit ihren Eltern in Hannover hautnah erlebt hat. Das fließen immer Berichte ein von denen, die in Russland waren, in Frankreich, in Finnland. Man erzählt sich über den Einmarsch der Amerikaner und den Tag, als sie die Weser überquerten, über deren Einquartierung und die ersten Besatzungsmonate. Kaffee. Corned Beef.

Der Lebensmittelhändler bringt seine leeren Obstkisten nach drinnen, verschenkt noch ein paar weiche Bananen, einen runzligen Apfel. Düfte von frischgebackenem Sonntagstopfkuchen dringen bis auf die Straße. Langsam füllen sich die Häuser mit den Heimkommenden, zunehmend mehr Männerstimmen hört man in den Häusern: die Väter, Onkel, Brüder sind wieder da, von den Feldern mit dem Pferdegespann, aus der Werkstatt oder aus der Kleinstadtkanzlei.

Viele kleine und bescheidene Leben sind noch in Bewegung. Am Samstag, am Spätnachmittag, ist nun das heiße Wasser bereit für das Bad in der Zinkwanne. In den Bauernküchen stehen aber auch auf hohen Untergestellen mächtige Holztubben mit Platz für 2-3 Kinder. Extra für diesen Zweck hat man die mächtigen Bottiche in die Küche gebracht. Ein gewaltiger Holzpflock hält das Wasser im Tubben. Wenn alle fertig sind, läuft das Wasser in Eimer ab und damit wird dann die große Diele geschrubbt.

Die Kinder sind nun alle da und fertig für ihr heißes Bad, bereit für die dicken rauen Tücher und die rubbelnden Hände und ihre kernseifeduftenden, weißgekochten Unterhemden und Unterhosen nach dem Bad. Ihnen werden ihre schmutzigen Sachen ausgezogen, dann waten sie zunächst vorsichtig in der Wanne herum und schließlich geht es los mit dem Plantschen, mit viel Gelächter, Quietschen und Gepruste.

Mütter, Tanten oder Großmütter stehen in der Küche, backen den Rosinenkuchen für das sonntägliche Kaffeetrinken, tragen den leichten und lockeren Vanillepudding, luftig durch Eischnee, in die Speisekammer. Alle Sonntagsdinge werden - soweit es geht – heute schon vorbereitet. In einem sehr großen Topf wird die Rindfleischsuppe mit Beinscheiben, Knochen und Suppengrün aufgesetzt. Am Sonntag wird dann das Fleisch herausgenommen und in Scheiben geschnitten. Kleine Stücke davon wandern wieder in die Suppe, zusammen mit Klößchen aus dem Mark der Knochen, winzigen Nudeln und Eierstich. So werden die Suppen fein gestreckt, schließlich ist Fleisch etwas Kostbares und es gibt nur zweimal in der Woche davon. Man isst es mit Wertschätzung; bei Tisch redet man nicht viel.

Das Haus ist sauber, die Dielen sind gebohnert, der Bürgersteig ist geschrubbt, die Kinder auch. Es ist wie ein Ausatmen. Um 18.00 Uhr wird es still. Die Kirchenglocken läuten den Sonntag ein. Das tönt immer sehr feierlich und den Menschen ein Zeichen, dass ihre Arbeit für diese Woche zu Ende ist. Beim Abendbrot ist das Radio immer auf NWDR eingestellt und man hört, schweigend und teetrinkend das „Echo des Tages". Bei den Nachrichten sind alle immer sehr aufmerksam und ernst, denn schließlich sind wir in der Zeit des Kalten Krieges. Die Ängste vor einem neuen Krieg sitzen tief in den Menschen. Und das Lachen ist noch sparsam. Die Männer erzählen dann abends oft über den russischen Winter, meistens, wenn die kleineren Kinder schon im Bett sind. Die größeren, die noch aufbleiben dürfen, hören still und mit großen Augen zu. Dann kommen die Geschichten aus Familie und Verwandtschaft, die Anekdoten von früher. Das ist meistens lustiger. Die Frauen stricken Socken. Man trinkt weiter Tee. Danach geht es hoch in die Schlafkammern und hinein unter die riesigen Gänsefederbetten. Selbstverständlich sind die Kammern im Winter kalt, oft sogar eisig, denn es gibt weder Heizung noch Doppelverglasung. Das ist im Sommer zwar ganz fein, im Winter hingegen muss man ganz schnell ins Bett schlüpfen und sich fest einmummeln, damit die Körperwärme nicht verloren geht. Wenn man Glück hat, gibt es eine altmodische, umhäkelte Wärmflasche aus braunem, gebranntem Ton. Und dann, wenn langsam alles warm wird im Bett, wird nochmal die Phantasie wach. Da kommen die Bilder aus den Geschichten der Eltern und Großeltern wieder hoch, - Bilder von Bomben und Flakgeschossen; Vorstellungen werden wach von Häusern ohne Fronten, verschmorten Phosphorleichen, toten Soldaten. Und dann rutscht man noch tiefer unter das Federbett, bis das Gruseln über die gehörten Kriegserzählungen nachlässt und man unmerklich hinüber in den Schlaf gleitet ...

Der Sonntag fängt feierlich an, denn überall läuten die Kirchenglocken und unterbrechen die Morgenstille der Orte. Ich muss meine Sonntagssachen anziehen: frische Unterwäsche und im Sommer ein gestärktes und dadurch oft unangenehm kratziges Organdykleid mit Flügelärmeln, damals der letzte Chic. Im Winter wiederum kratzen die selbstgestrickten Wollpullover die Haut rot. Um 11 Uhr ist Kindergottesdienst. Da gehe ich gern hin. Es gibt immer hübsche Bildchen und Geschichten und ein frommes Leseblättchen zum Mitnehmen.

Und wenn ich zurück bin, gibt es bald Mittagessen. Das riecht so gut; man riecht es schon unten auf der Diele. Im Hintergrund der Wohnung läuft schon das Wunschkonzert auf NWDR und nun, beim sonntäglichen Mittagessen, kommt zuerst die Suppe dran. Sie ist sehr heiß und lecker und ich sortiere erst mal die Buchstabennudeln auf dem Tellerrand. Man isst alles schön auf und benutzt dann den gleichen, sauber abgegessenen Teller für den nächsten Gang. Der besteht aus Salzkartoffeln und den Scheiben des am Vortag gekochten Rindfleisches. Darüber kommt dann eine herrliche, dicke und scharfe Meerrettichsoße mit Rosinen. Unser Nachtisch ist immer ein Vanillepudding mit selbstgemachtem Himbeersaft. Und wenn dann noch etwas Fleisch übrig ist, gibt es die Reste am Montagabend hauchdünn auf's Brot.

Den Sonntag verbringt man meistens in der Familie. An Regentagen wird gehandarbeitet und viel gelesen und vorgelesen. Im Winter sitzen wir dann alle gern zusammen in der kleinen Stube mit den gehäkelten weißgestärkten Baumwollgardinen vor dem Fenster. Auf der Fensterbank rosa Alpenveilchen, rote Geranien, gelb-rot gesprenkelte Pantoffelblumen,– je nach Jahreszeit.

Der Pergamentschirm unserer alten Stehlampe lässt wundervoll warmes Goldlicht durch und der Tee zum Abendbrot riecht so gut, obwohl es doch nur ein billiger Ostfriese ist. Ich darf ihn von der Untertasse schlürfen, weil er immer zu heiß ist. Vorher gründlich pusten. Wir sind alle froh, dass die Stehlampe noch aus dem zerbombten Hannover heil den Weg ins schützende Weserbergland gefunden hat, so auch das alte, graubraun kleingemusterte Sofa mit den hohen Armlehnen. Und ein Sessel mit

Armlehnen im gleichen Muster. Der steht am Fenster und mein Großvater würde nie woanders sitzen wollen.

Am Sonntag erzählen sie sich manchmal die Geschichte des Sofas und der Stehlampe. Und natürlich die des großen Nussbaumschreibtisches mit seinen geschnitzten Türen: meine Mutter hatte in den letzten Kriegsmonaten während ihrer Arbeit in der Vermittlung, Telegraphie Hannover, ein paar Gesprächsfetzen einer Unterhaltung von zwei Männern mit angehört. Die wollten am Wochenende mit einem Lkw ins Weserbergland fahren, um irgendwas aufzuladen und zurückzubringen. Meine Mutter reagiert schnell, schaltet sich ein und fragt, ob man eventuell etwas mitnehmen könnte auf der Hinfahrt.

Und so kommt es, dass meine Großeltern mit ihren Habseligkeiten auf der offenen Ladefläche eines alten Lasters sitzen. Meine Großmutter hält den schwankenden Ständer der Stehlampe fest. Mein Großvater balanciert seine eiserne Dokumentenkasse, Aktentasche und Kartons mit Briefmarkenalben auf den Knien. Zwischen ihren Beinen sind vollgepackte Koffer mit Leib- und Tischwäsche festgeklemmt. Und beide sitzen auf dem eben beschriebenem graubraunen Sofa, hinter ihnen der Nussbaumschreibtisch. Und so halten sie wacker aus, hin und her geschüttelt auf den kurvenreichen Strecken über die Weserberge, aus dem zerbombten Hannover hinaus und zurück ins großmütterliche Geburtshaus, in ihr Wohnrecht...

Die Stricknadeln meiner Großmutter klappern. Sie ist einem manchmal unheimlich, denn sie kann sogar in der Dämmerung und quasi im Halbschlaf stricken. Sie liebt es, wenn mein Großvater Gustav (genannt nach Gustav Adolf) vorliest; dann kann sie beim Zuhören weiter stricken; unentwegt klickert ihr Nadelspiel und immer hängt etwas Graues, Dunkelblaues oder Schwarzes zwischen den Nadeln herunter, meistens lange Socken für meinen Großvater.

Mein Großvater hat immer reichlich Vorleselektüre parat. Und er liest richtig gut vor: plattdeutsche Erzählungen, Fortsetzungsromane aus der Zeitung, Landschaftliches, Landwirtschaftliches, Heiteres, Geschichtliches und Regionales.

Meine Mutter hingegen ist Erzählerin. Ich höre ihr gern zu, vergesse dabei ständig Zeit und Raum, meine Fantasie geht mit mir durch; schließlich besitzt meine Mutter auch echte Fähigkeit zum Drama und dazu noch eine kräftige und wohltönende Altstimme.

Sonntags geht es etwas früher ins Bett, nicht sehr zu meinem Bedauern, denn auf meinem Nachtisch wartet schon der ansehnliche Bücherstapel.

Eschershausen, Steinweg 33, Eingangstor, 1779.
Die Aufnahme stammt aus dem Jahre 1940.

DAS ACKERBÜRGERHAUS

Wenn man in einer kleinen, ins Weserbergland eingekuschelten Ackerbürgerstadt groß geworden ist, weiß man gut Bescheid über Handwerk und Miteinander, aber auch über die Landwirtschaft, die Jahreszeiten, was wann und wo wächst und wie man es verarbeitet. Und das Geborensein und Aufwachsen in einem solchen Fachwerk-Ackerbürgerhaus ist schon was Spezielles.

Unser Haus, 1779 erbaut, liegt in der Ortsmitte. Unsere Milchbank ist vor der Haustür angebracht und man sitzt oft darauf für einen kleinen Schnack. Über der riesigen Tür der Ackerbürgerhäuser befindet sich immer ein Hinweis auf den Erbauer – und gelegentlich auch auf seine Frau – und die Jahreszahl. Auf dem Balken zwischen den Stockwerken ist meistens ein frommer Spruch oder ein Bibelzitat zu finden. Unser Spruch ist einer, den man häufig im Weserbergland fand: „Alles, was unser Tun und Anfang ist, das geschehe in dem Namen Herrn Jesu Christ."

Die große Eichentür mit drei Flügeln – einem durchgehenden und einem halbierten – wird nur dann ganz geöffnet, wenn der Erntewagen rückwärts hinein fahren muss. In der Mitte der Decke, ganz steil hoch oben, befindet sich die Luke, durch die die Männer mit Schwung, auf den Wagen stehend, mit ihren Heugabeln die Ladung nach oben werfen. Oben hinter der Luke stehen dann schon weitere Helfer, die das Heu auf dem Boden weiter an seinen Platz transportieren.

Wenn der Winter vorbei war, wird die obere Hälfte des einen Türflügels geöffnet, nicht nur um Licht und Luft hineinzulassen, sondern auch die langerwarteten

Schwalben, die endlich aus Afrika zurückkommen und nun wieder unter und zwischen und an den Rändern der Decke ihre Nester bauen und ihre Jungen ausbrüten. Die Schwalben gehören zum Haus und keiner schimpft je über den Vogelkot, der regelmäßig weggescheuert werden muss. Schließlich bringen Schwalben Glück und vertilgen fleißig Insekten. Ihr niedriger Flug zeigt uns aufkommenden Regen an. Und wenn wir von unseren Kammern im ersten Stock die kleinen Fenster öffne, die zur Diele hin aufgehen, können wir direkt in die Nester hineinsehen und die schönen, furchtlosen Vögel mit ihren zarten, glänzenden Köpfchen beobachten, wie sie ihre Jungen aufziehen.

Das Ackerbürgerhaus der damaligen Zeit ist voll mit vielen kleinen Kammern; die meisten unbeheizt. Es gibt Stuben und Schlafkammern, sogenannte „Throne" und Altenteile, Wurstkammern und Speisekammern. Es gibt gruselige, staubige, kleine und ganz dunkle Verschläge unter der Treppe und viele Gänge. Auch gibt es ein Zwischengeschoss mit kleiner Stiege hoch zum Heuboden und Abwurfluke hinunter in den Pferdestall. Alte Truhen und verstaubte Schränke stehen in Vorplätzen der Kammern, in einigen liegen noch Reste von uraltem, gehecheltem, ungesponnenem Flachs. Staubige alte Speicherräume mit zerbrochenen Spinnrädern und unbrauchbaren oder rostigen hauswirtschaftlichen Geräten darin, Spinnweben in allen Ecken gibt es auch. Dort lagern auch alte Wollkartätschen. Beim Herumstöbern, einer meiner Lieblingsbeschäftigungen, finde ich dort sogar eine alte Krinoline irgendeiner großmütterlichen Vorfahrin, zusammengebaut aus dünnen rostigen Eisenkettchen und schmalen Weidenrutenreifen, mit beachtlichem Gewicht. Das Ganze sogar dreietagig!!!

Das Altenteil liegt mitten im Hause, ebenerdig, damit die alten Leute keine Treppen steigen müssen. Hier gibt es auch einen Eisenofen und Holzdielen. Kalte Kammern, wie z.B. die Wurstkammer oder die Speisekammer, haben gesprenkelte Steinfußböden und Fliegengitter vor den Fenstern. Speckhaken hängen von den Deckenbalken, daran leinenummantelte geräucherte Schinken, die auf ihren Anschnitt beim allerersten Kuckucksschrei warten, oder Mettwürste. Auf langen Besenstielen aufgereiht und unter der Decke der Kammer angebracht baumeln kleine runde Fleischwürste, Blutwürste, Blasenwürste zum Trocknen an der Luft, außerhalb der Reichweite hungriger Mäuse frei schwebend, sorgfältig mit ihren Bindfadenschlaufen über die Besenstiele gezogen, leise im Windzug schaukelnd. Im Herbst hängen hier auch, an gespannten Bindfäden aufgezogen und sorgfältig aufgereiht, Apfel- und Birnenscheiben zum Trocknen. Pflaumen werden gedörrt. Später näht man Leinenbeutel und tut das Trockenobst für winterliche Kompotts zum luftigen Aufbewahren hinein.

Mein Großvater schneidet den Schinken, den es sicher nicht immer und überall und beliebig gibt, in ein Ritual gebunden an. Der erste Kuckucksruf im Mai ist das Zeichen für den Auftakt: Schinkenanschnitt. Wir alle ziehen mit in die Küche und stehen beim Anschneiden um den Tisch herum. Es ist fast feierlich. Eine untere, dünnere Scheibe legt er als erstes beiseite. Sie wird später wieder gegen die Anschnittfläche gedrückt, damit der Schinken frisch bleibt, wenn er wieder im Leinenbeutel verstaut zurück an den Haken im Deckenbalken wandert.

Die Kunst meines Großvaters besteht nun darin, mit einem extrem scharfen Messer extrem schöne und kleine Würfelchen vom Schinken zu schneiden. Die langen Scheiben Roggenbrot oder Gersterbrot mit unvergleichlicher Kruste werden nun mit guter, frischer Butter bestrichen. Darauf werden nun die dunkelroten, festen, kernigen Würfelchen ausgebreitet. Dazu kommt für jeden auf den Teller eine selbst eingelegte Gewürzgurke, der Länge nach geviertelt. Ich habe frisches Quellwasser aus der Brunnengasse geholt und meine Großmutter Hermine hat einen einfachen Ostfriesentee dazu gekocht, der in bauchiger weißer Kanne mit gebogener Tülle vor sich hin dampft und seinen Duft verbreitet. Ein für uns ausgesprochen festliches Samstagabendbrot. Der Schinken duftet. Die Tante hatte ihn in ihrem Räucherhäuschen im Garten liebevoll fertig werden lassen, so, wie sie das auch mit den legendären großen Mettwürsten macht. Das Rezept der Räucherzutaten ist in seiner Gesamtheit ein Geheimnis der Tante. Woran ich mich aber erinnere, sind die Buchenspäne, und eine wundersame Mischung von Wacholderbeeren und von Wildkräutern aus unseren Wiesen.

Im ersten Stockwerk befinden sich die Schlafkammern, mit Nussbaumbetten und -schränken. In unserer Kleinstadt sieht man morgens überall die Federbetten, die zum Auslüften über die Fensterbank gehängt sind, meistens mit rotem Inlett. Die Bauern haben über ihren Betten meistens ein goldgerahmtes, großes Bild hängen. Eins der beliebtesten Motive in den Häusern ist dieses: im Wald stehen zwei kleine Kinder, offensichtlich Geschwister, sich an den Händen haltend vor einem gähnenden Abgrund. Ein riesiger Engel, lächelnd, mit gigantischen Flügeln, schwebt über ihnen und geleitet sie sanft, ihnen die Richtung zeigend, nach Hause. Manchmal stehen die Kinder auch vor einem gefährlich angebrochenen Steg, der über reißendes Wasser führt. Der Engel ist meistens weiß gekleidet, in seltenen Fällen rosa. Die Kinder haben rote Backen und schauen zum Engel auf.

Die Stuben befinden sich unten. Die gute Stube, wo man auch Besuch empfängt, ist immer aufgeräumt und schön ausgestattet. Die Fußbodendielen sind immer gescheuert und gebohnert. Der schlanke hohe eiserne Säulenofen, der fast bis zur Zimmerdecke reicht, hat kleine Türchen, hinter denen die Kaffeekanne warmgehalten wird und wo im Winter die Bratäpfel geschmort werden, deren Duft bis in die Diele dringt. Die alten Bauernstuben haben meistens einen Ohrensessel in der Nähe des Ofens stehen. Das Heizen in den Häusern vermittelt Kultur, Rituelles, Soziales, denn es schafft Verbindung und Kommunikation; nicht alle Zimmer sind geheizt und man huddelt sich im geheizten Raum zusammen. Dort in der Stube um den Ofen herum wird Zeitung gelesen, ausgeruht, geschwiegen, eingenickt, erzählt, gestrickt und gestopft.

Der große Tisch mit weißer Hohlsaumdecke, fast immer mit runder Kristallkugelvase darauf, steht in der Mitte. Die Eichenstühle um ihn herum sind braun-plüschig bezogen, und jeweils rechts und links unter den beiden Fenstern zur Straße befinden sich fußhohe, rundherum geschlossene Podeste mit bequemen Sesseln darauf und einer kleinen Ablage für die Zeitung oder einer Fußbank. Diese Podeste heißen bei uns „Throne". Wenn man dort oben im Sessel sitzt, fühlt man sich tatsächlich etwas erhabener, hat besseres Licht für das Lesen der Tageszeitung und sieht natürlich auch die Passanten besser und in Augenhöhe.

Hier im Weserbergland gibt es etwas, das nennen wir „im Fenster liegen". So sagt man bei uns, wenn die Leute abends, während der hellen Jahreszeiten, ihre Fensterflügel weit öffnen, die Fensterhaken einhängen, dicke Sofakissen auf die Fensterbank legen, ihre Ellenbogen auf die Kissen proppen und sich dann in ganzer Breite der Welt und den Vorübergehenden präsentieren, Bekannten etwas zurufen, Fragen laut beantworten. Hier erfährt man schnell alles, sieht viel, nimmt passiv teil, ruht aus und erfährt eine Menge.

Hier, vom Fensterbrett aus, betrachtet man die Welt, notiert für sich die Ladungen der Pferdefuhrwerke, winkt, nickt hinaus, grüßt lässig, wirft ein paar Worte hinunter oder hinüber, sendet ein Lächeln, hebt kurz den Arm, macht ein Zeichen mit der Hand. Teil der Gemeinschaft ist man, nichts Spektakuläres, aber auf jeden Fall Teil. „Im-Fenster-liegen": Das ist bedeutender Bestandteil des Feierabends in der Kleinstadt, Steinchen des sozialen Mosaiks, lebendiges Kommunikationsmittel und allemal besser als Fernsehen. Menschen sind noch neugierig auf Menschen, nehmen freundlich Anteil, wissen Bescheid. Und natürlich verführt das Im-Fenster-Liegen auch immer ein wenig zu Klatsch und Tratsch. Aber was man da auch so alles erfährt! Man darf es allerdings nicht übertreiben, sonst heißt es: „Die hat wohl nichts zu tun, die liegt wohl nur im Fenster!"

Der Alltag verläuft sehr lebendig. Die Menschen sprechen damals viel mehr miteinander. Im Glaskasten unserer kleinen Buchhandlung pinnt mein Großvater täglich die wichtigsten Zeitungsnachrichten an und immer steht hier jemand, der aufmerksam darin liest. Durch das Im-Fenster-Liegen und durch die Neuigkeiten, die am gläsernen Schaukasten meines Großvaters vermittelt werden, spricht sich alles schnell herum: wie die Geburten verlaufen sind. Ob Junge oder Mädchen. Alle Glücks-, Unglücks- und Todesfälle, die einem überdies noch durch Glockenläuten angekündigt wurden. Wo er Blitz eingeschlagen hat und wo es gebrannt hat im Landkreis.

Geld ist nicht großartig vorhanden. Man spart und wirtschaftet umsichtig, immer sind Landschaft und Wald mit einbezogen ins Wirtschaften, in die Gespräche der Menschen.

Das Hausklima im Fachwerkhaus ist das Beste. Man wird hier selten krank. Der Lehm in den Gefachen zieht sich im Sommer, bei Trockenheit, ein wenig zusammen; dann kommt Luft ins Haus. In der Feuchtigkeit des Winters dehnt er sich aus und hält die Wärme, - einfach ideal ...

Ein kalter Morgen. Es hat nachts geregnet. Wir sind in der Börde unterwegs. Am Ortsrand schaue ich hinauf. Überall aus dem Buchenmischwald steigen zarte Dunstsäulen empor, die sich ins Licht drehen, silbrig-nebligen Spindeln gleich. An einigen Stellen sieht man milchige Sonnenfelder über den Höhen; die Strahlen seltsam abgemildert.

Gerade jetzt, im Feuchten ist sie allgegenwärtig: die Farbe Erika, – ein rosalila wie das der Heide. Und diese Farbe wiederholt sich hier überall: in den vom Pflügen aufgebrochenen Feldern, auf dem feuchten Buntsandstein, aus dem hier Häuser und Scheunen gebaut wurden, auf den alten Mauern der Zisterziensermönche, in den Mauern der Gärten, sogar noch auf vielen alten Dächern. Das Graurosa während trockener Tage wird bei Feuchtigkeit unversehens zu diesem satten Erikaton, - ein wundervoller Kontrast zu dem eindringlichen Grün der Buchenmischwälder im Hintergrund ...

Der Sandstein hier, das sind auch die Wegemauern, aus deren Lücken Grünes und Moosiges sprießt. Und die schönen alten Klostergebäude von Amelungsborn und die Klosterkirche mit ihren ebenfalls erikarosa Steinmetzarbeiten.

Buntsandstein, – das sind auch die aufrecht gestellten Platten, die überall unsere Gartenwege begrenzen, mit silbrigen Flechten bewachsen, im Sommer von Zitronenfaltern umschwirrt und von Hummeln besucht. Ein Grund wohl für die rege Nutzung des Sandsteins in der Region ist seine besondere Qualität, sein hoher Quarzanteil und seine große Festigkeit. Bei den Bauern wird aus ihm

Kuh- oder Pferdetränke, Schweinetrog, Küchenspüle, Brunnenauskleidung, Speisekammerfußboden und Kühltisch.

Unsere Kühlung in den Speisekammern mit Hilfe des Sandsteins ist unglaublich simpel und äußerst effektiv. Und sie kostet überhaupt kein Geld. Kühlschränke um heutigen Sinn existieren noch nirgends. Die Speisekammern befinden sich meistens an der Nordseite der Häuser und haben Mauerdurchbrüche mit angebrachten Fliegengittern, die für ständige, sanfte Belüftung sorgen. Meistens steht hier ein großer Tisch mit wuchtiger Sandsteinplatte darauf in der Kammermitte, in Reichweite daneben ein großer Krug mit Wasser.

Nun der Trick: zum Kühlen und Kalthalten wird lediglich eine ordentliche Menge Wasser über die Sandsteinplatte gegossen. Dann setzt die Verdunstungskälte ein und hält nun Speisen und Getränke, Obst, Pudding und Kuchen richtig kühl und frisch. Ich erinnere mich an Konfirmationen, Hochzeiten, Kindtaufen mit köstlich-kühler Welfenspeise, mit Vanillepudding mit luftigem Eischnee, an die üppigen Buttercremetorten, alles richtig kalt!! Man hatte dafür nur eins zu tun: in die „kalte Kammer" zu gehen und hin und wieder für die nötige Feuchtigkeit des Sandsteins auf dem Tisch zu sorgen.

Aber zurück zur Buche. Überall im Weserbergland begegnet sie uns, ist uns vertraut in allen Jahreszeiten. Im Frühjahr belebt das frische, fast knallige Buchengrün unsere Wälder, im Sommer schafft sie geheimnisvoll-dichtes Laub auf den Höhenzügen und zieht den Blick nach oben, die herrlichen, hohen, dunklen glatten Stämme hinauf. Und im Herbst, befranst noch mit den spärlichen gelben Resten des Herbstlaubs, bietet der Buchenmischwald von den Höhen der Berge Durchblicke auf Dörfer, die sonst unseren Blicken entzogen sind.

Wir Kinder lieben es, wenn das dichte, abgefallene Herbstlaub unter den Füßen raschelt. Es steigt ein Duft hoch, den es nur im Herbst gibt, erdig, ein wenig modrig, würzig. Wir sammeln gern Bucheckern und bringen sie in Kapuzen mit nach Hause. Unterwegs schon knacken wir mit den Zähnen die hübschen dreieckigen Kerne auf, die winzig sind, aber sehr lecker und perfekt in der Form. Vorher haben wir die raue Außenkapsel entfernt.

Zuhaus erzählen sie uns, wie wichtig die Buche im Krieg war, als es an Fett und Öl mangelte. Statt Butter oder Margarine nahm man Bucheckernöl für alles Mögliche in der Küche, zum Backen und Braten; sie ersetzten oft die Nüsse im Kuchen. Der Duft dieses Öls und seine goldgrüne Farbe, - davon schwärmt man noch lange und lobt die Buche oft, dieses herrliche rötliche Holz.

Und im Winter heizen wir mit Buchenscheiten. Das begehrte Brennholz der Buche erzeugt große Hitze. Und das ist ganz herrlich in den Küchen und Stuben, wenn wir fast eingeschneit sind im Winter ...

1933

Unsere Leute auf dem Hof sind, wie viele andere auch, zu einem erheblichen Teil Selbstversorger. Natürlich kauft man hin und wieder auch einige Sachen im Kolonialwarengeschäft an der Ecke: Salz, Mehl, Pfeffer, Zucker und Maggi, Einweichpulver und Sauerkraut aus Fässern, eingelegte Heringe, ein paar klebrige Süßigkeiten, Speiseöl. Die Salz-, Mehl- und Zuckertüten haben oben sorgfältig gefaltete Verschlüsse mit abstehenden „Ohren". Süßigkeiten gibt es in spitzen, kleinen Papiertüten mit säuberlich eingeknifften Enden. Auch braucht man hin und wieder etwas für ein Gläschen Klaren, oder Nadeln und Nähgarn.

Unsere Truhen und Wäscheschränke sind voll von eigenem, selbstgesponnenem und gewebtem Leinen. Bis zum heutigen Tage benutze ich immer noch die wunderbaren Leinenhandtücher mit familieneigenem Webmuster von 1850 für Gesicht und Hände, weil die schön aussehen, sich nach solch langer Zeit unter Dauerbenutzung immer noch prima anfühlen, und saugfähig sind. Außerdem sind sie einfach nicht kaputt zu kriegen! Ich weiß, dass deren Fasern mal in den Flachsrotten der Lenne gewässert wurden. Jeder, der Flachs anbaute, hatte dort auch eine eigene, eingetragene Flachsrotte. Hier verfaulten die Flachshalme und alles Unnötige wurde danach im Fluss entsorgt; die spinnbaren Fasern blieben zurück.

Die ersten Bananen gibt es erst um 1951. Sie sind oft sehr bräunlich und noch eine Seltenheit. Meine Mutter gönnt sich hin und wieder ihren kleinen Luxus: hohe kleine Glasflaschen mit Joghurt auf Heidelbeerkompott, der einfach köstlich schmeckt. Und ein paar Scheiben Emmentaler. Meine bäuerlichen Verwandten kaufen so etwas selten oder nie.

In den Höfen und Haushalten räuchert man selber, kocht ein, trocknet und salzt, pökelt Fleisch ein. Im Garten gibt es ein Räucherhäuschen, wo die Tante ihre bewährten Räucherrezepte, - Buchenspäne, Wacholder, Gundelrebe, wilder Thymian,...) umsetzen kann in Schinken und Mettwürsten und Speck.

Hier, in der Börde mit ihren fruchtbaren Böden sind die Nachkriegsbedingungen vergleichsweise günstig für die Menschen. Sicher kein einfaches Leben, dennoch weiß jeder: die Großstädter leiden mehr. Die Börde, die Wälder ernähren unsere Familien, die großen Buchenmischwälder liefern Beeren, Eckern und Pilze.

Überall gibt es nach dem Krieg noch Ziegen und ich sehe noch bei vielen Leuten die schmalen, hohen Stampfbutterfässer, in denen die schneeweiße Ziegenbutter hergestellt wird. Auf den Dörfern hält sich die Ziegenhaltung noch lange und oft bekomme ich Ziegenbutterbrote mit Pflaumenmus oder Rübensaft in die Hand gedrückt. Manchmal schmeckt mir die Butter zu streng, „nach Bock", aber der süße Aufstrich überdeckt das Strenge.

Die Wäsche wird bis kurz nach dem Zweiten Weltkrieg in der Waschküche gekocht, mit selbst hergestellter Lauge aus blütenweißer Buchenasche bis Kriegsende, zu meiner Zeit mit Soda, denn Waschpulver gibt es noch nicht, nur Kernseife. Die Wäsche wird in der Lauge im großen, eingemauerten Kupferkessel gekocht, worunter immer ein Feuer brennt.

Die großen hölzernen Waschzuber, – „Tubben" stehen schon mit den Waschbrettern darin bereit. Spülwasser steht in zahlreichen Zinkeimern auf dem Fußboden. Die gekochte Wäsche wird mit Holzzangen in den Tubben gehoben und dann dort mit dem Waschbrett und der Bürste weiter verarbeitet. Eine Knochenarbeit. Jeder Fleck, jeder Kragen, jeder Schweißrand muss auf dem Waschbrett ausgerieben werden. Man braucht viel Kraft und Ausdauer dazu und muss vorsichtig sein, sich nicht zu erkälten. Überall ist Dunst. Die fertige Wäsche geht in Weidekörben hinüber in den Vorgarten, wo schon die Leinen gespannt sind. Die Weißwäsche wird nach dem Trocknen nochmal auf der Obstwiese ausgebreitet und in der Sonne immer wieder mit Wasser aus der Gießkanne begossen, damit sie fein ausbleicht.

Und natürlich gibt es die meisten Kleidungsstücke nicht zu kaufen. Die Mädchen lernen schon früh das Stricken und Häkeln von Gebrauchsdingen. Unsere Nähmaschine ist eine alte Wiegmann mit ledernem Treibriemen, schön aus Gusseisen mit eisernen Blumenverzierungen auf dem wippenden Trittbrett, mit dem man die Maschine in einen schönen, gleichmäßigen Schwung bringt, um dann fast alles selbst zu nähen. Wir lernen auch in der Schule, Flicken aus Leinen in unsere Bettlaken einzusetzen, möglichst unsichtbar. Wenn richtig sorgfältig und genau ausschneidet, einsetzt und mit winzigen Stichen näht, kann man den Flicken tatsächlich kaum sehen und das geflickte Teil hält noch lange Jahre.

Man kann kein Bettzeug kaufen. Auch das näht man selber. Bettbezüge und Kopfkissenbezüge sind aus weißer Baumwolle. Die Alltagsbettbezüge sind aus enggewebtem, rot-blaukariertem Baumwollstoff, damit sie nicht so schnell verschmutzen. Man fängt schon früh an, diese Dinge zu lernen.

Tante Tille im Ort besitzt kostbare, hauchdünne Eisenschablonen mit Buchstaben aller Größen und Arten zum Aussticken der Monogramme an Handtüchern, Tischwäsche und Bettzeug. Bei ihr bekommt man die Schablonen. Sie arbeitet aber auch selbst für den Verkauf.

Die nobleren, weißen Kopfkissen haben schmückende, mit Hand umstickte Bogenkanten im weißen Langettenstich. Die Sonn- und Feiertagstischdecken sind hohlsaumgeschmückt. Ganz edle, runde Rauchtischdecken sind aus dickem, elfenbeinfarbenem Satin mit zarten Plattstichblüten aus Seide handgestickt und ihre Säume mit feinsten Stichen handgenäht.

Für neue Garderobe kommt Tante Mariechen, die Schneiderin, ins Haus und nimmt Maß, mit am Arm befestigten Nadelkissen, Maßband um den Hals, Nadeln zwischen den Lippen. Einige Zeit später, nach einer weiteren Anprobe, holen wir die fertigen Sachen bei ihr zuhause ab. Einfache Kleidung wie Schürzen, Röcke und bodenlange Nachthemden näht man selber nach Standardschnitt.

Was kaputt ist, wird nicht weggeworfen, sondern erst einmal repariert. Und wenn gar nichts mehr geht, überprüft man, ob es nicht noch eine andere Verwendung für den Gegenstand gibt, z.B. Kinderkleidung, danach vielleicht noch Geschirrtücher, Putzlappen.... bevor der Rest zum Lumpensammler geht.

Die Zeit nach dem Krieg ist nicht unbedingt die „gute alte Zeit"; viele Verluste sind zu beklagen; unser Lebensalltag ist nicht gerade Zuckerschlecken... die Zeit des ganz großen Mangels hat man gerade erst hinter sich...

Aber immerhin: hier in der Börde gibt es fast alles, was wir in unseren bescheidenen Leben benötigen. Wir sind zufrieden und die Menschen freuen sich noch über viele kleine Dinge und beobachten staunend den wirtschaftlichen Aufschwung der 50er Jahre in Deutschland, der in unserer Region nur langsam, aber stetig vor sich geht. Wir kennen und nutzen in unserem Alltag noch die Arbeit von Handwerkern, die Fertigkeiten und Erfahrungen des Schmiedes, des Sattlers, des Böttchers, des Tischlers, des Stellmachers, der Hebamme.

Das Wissen, die Erfahrung der Hände, können noch weitergegeben werden ...

Wir können es uns heute kaum vorstellen, aber es ist damals wirklich noch eine Zeit ohne Plastik. Wir schaffen es tatsächlich spielend, ohne die heute unentbehrlich gewordenen Plastikhaushaltsgegenstände auszukommen: ohne Plastikeierlöffel, Dosen, Plastikwäscheklammern, Wegwerfbeutel, Wäscheleinen, Flaschen, Kochlöffel, Thermoskannen, Teigschaber, Türen, Zahnbürsten, Badezimmerartikel und viele andere Haushaltsgegenstände. Holz, Glas, Hanf, Metall, Baumwolle, Zink, Leinen, - das sind die Materialien der 40er und 50er.

Unsere hölzernen Wäscheklammern werden, wie auch unsere Bürsten, von Blinden hergestellt und an der Tür verkauft. Unsere Löffel sind aus rostfreiem Stahl und sonntags aus Aussteuersilber. Wir kaufen ein in selbstgehäkelten Baumwollnetzen oder geflochtenen Taschen oder Körben. Unsere Wäscheleinen sind aus Hanf. Wir kennen nur Griffel, Füllfederhalter oder Bleistifte: die ersten Kulis sind aus Bakelit, so auch unsere Telefone, ein etwas sprödes und recht zerbrechliches, nicht gerade ansehnliches Material in schwarz, dunkelgrün und dunkelrot. Die Flaschen sind sämtlich aus Glas und die Thermoskannen aus Metall. Teigschaber, Kochlöffel, Messergriffe: alles aus Holz. Auch die Zahnbürsten mit Tierborsten sind aus lackiertem Holz, Siebe aus Metall. So auch die weiß emaillierten Abwaschschüsseln. Die Badewannen sind, wenn nicht aus Holz, dann aus Zink.

Quark und Butter kauft man lose und Joghurt gibt in den hübschen, schmalen Glasflaschen. Die dazugehörigen langen Joghurtlöffel sind selbstverständlich auch nicht aus Plastik. Milch- (wenn man sie denn nicht in der Kanne holt) und Joghurtflaschen sind mit dünngewalztem Aluminium verschlossen. Wir sammeln die dünnen Metallfolien der Deckel.

„Meine Doppelexistenz:
halb Bauernkind, halb Bildungsbürgerkind ..."

Heute ein gefürchtetes Wort. Damals bedeutet das Wort nichts. In den 50er Jahren kennen wir kein organisiertes kindliches Spielen. Als kleine Kinder sind uns natürlich Kriegenspielen, Seilspringen, Ballspiele, Hinkelkasten, Puppen, Vater-Mutter-Kind, Verstecken, die Reise nach Amerika, Murmelspielen, Landabstecken, Abzählreime und Lieder bekannt. Wir haben eine Menge Phantasie und schaffen uns immer wieder eigene kleine Welten.

Es ist nun mal so: die Erwachsenen haben nicht gerade viel Zeit und erst recht nicht die Geduld, uns Dinge zu zeigen. Darum probieren wir das meiste selbst aus, schneiden uns in die Finger, rutschen auch mal ab in die Jauchegrube oder in den Fluss, verheddern uns durchaus mal im Stacheldraht, verbrennen uns gelegentlich, quetschen uns den Zeigefingernagel blau, treten auch mal in eine Sense, schürfen uns Knie und Ellenbogen auf, haben gelegentlich Hundeflöhe. Und der Schorf auf dem Knie, die Kratzer an Händen und Füßen und der kleine Bluterguss gehören durchaus zum Leben dazu.

Wir kennen keine TÜV-geprüften Spielgeräte oder ausgewiesene Spielplätze ... so etwas wäre uns schnell langweilig geworden. Wir haben aber Bäume und Wasser, Steinbrüche und Wälder. Und Lust auf Mutproben.

Bis zu meinem 10. Lebensjahr muss ich genau so helfen wie all die anderen Kinder auch. Oft tragen wir viel zu schwere Sachen für unser Alter und zeigen damit auch, wie erwachsen wir schon sind. Manchmal schimpft ein Erwachsener uns deswegen aus, aber nur selten. Die Arbeiten auf dem Hof – das sind: Holzbansen,

Kartoffelkäfer absammeln, gerodete Kartoffeln in Körben einsammeln, helfen beim Kleeholen und Heumachen, beim Schweinefutter kochen, Schroten, Füttern der Tiere, schwere Zinkkannen mit Wasser schleppen, Einsprengen der ausgelegten Weißwäsche auf dem Bleicheplatz, Salat schneiden für den Kükenkasten, Ratten jagen, Eier einsammeln, Erbsen auspuhlen, Kartoffeln reiben für Puffer, Mithelfen an Schlachttagen, Erntegetränke und Essen auf's Feld bringen und am Schlachttag Wurstebrühe zum Pastor.

Bloß nicht einfach so dasitzen, sonst heißt es: „Du hast wohl nichts zu tun?" Das artet jedes Mal in Arbeit aus. Meine Doppelexistenz: halb Bauernkind, halb Bildungsbürgerkind – zwingt mich, Lücken zu suchen und Fluchtwege zu entwickeln. Wenn ich mich im Laden zeige, findet meine Mutter garantiert irgendetwas für mich zu tun. Meine Großmutter ordnet mich täglich zum Holzholen und Wassereimertragen ab. Es gibt in unserer Haushälfte keinen Wasserhahn sondern nur einen Abfluss in die Gosse zwischen den Häusern. Unser Trinkwasser nehmen wir nicht aus der Pumpe im Hof sondern holen es aus der Brunnengasse zwei Straßen weiter. Das ist köstliches Wasser zum Kochen, zum Trinken, für Tee. Das andere aus der Pumpe im Hof schmeckt absolut nicht.

Jeden Tag überquere ich mit weißem Emailleeimer zweimal unsere kopfsteingepflasterte Hauptstraße und biege dann ein Stück weiter in die Brunnengasse ein, wo das kristallklare und wohlschmeckende Wasser in den moosbewachsenen Brunnen, ausgekleidet mit Sandsteinplatten, fließt. Ich trinke oft auch einfach so eine Handvoll davon, besonders im Sommer, bevor ich mich wieder mit dem Eimer auf den Heimweg mache. Im Haus muss ich dann noch mit dem schweren Eimer die Holztreppe hoch, in die Wohnung hinein und stelle dann meiner Großmutter das Wasser in die Nische unter dem kleinen Küchenfenster. Dort hängt eine Schöpfkelle und auf den Eimer wird noch ein Deckel gelegt.

Ich lerne nun Dinge von großem Wert. Zum Beispiel kann ich schon (niedrige) Bäume besteigen, steile Leitern in der Scheune hinaufklettern und mich metertief aus Futterluken in herab geworfenes Stroh fallen lassen. Ich weiß, wie man sich die Nase mit zwei Fingern schnäuzt und auch, was man tut, wenn man draußen mal muss. Ich habe sogar ein eigenes Taschenmesser, das ich mit Spucke an den Sandsteinstufen hinter dem Haus schärfe. Und ich habe Bindfaden in der Tasche und Steinchen und was ich so finde. Ich kann dem Hund pfeifen und mich mit ihm verdrücken, wenn es gar zu viel wird ... Mein Großvater hat mir gezeigt, wie man bei Sonnenschein mit einer kleinen Lupe Feuer anmachen kann und dass man das keineswegs im Wald tun darf. Ich weiß auch, welche Stellen im Fluss man vermeidet, damit keine Blutegel am Bein hängen bleiben. Ich weiß, wann welche Kuh wann kalbt und wann geschlachtet wird.

Meine Mutter hat gar keine Zeit, mir etwas nachhaltig zu verbieten. Meine Großmutter kann nicht laufen. Mein Großvater macht die Buchführung, die Korrespondenz, die Telefonate, die Zeitschriften, die Remittenden.

Ich nutze die freien Momente dazu, mich zu verdrücken. Das sind kostbare Zeiten. Ich muss die Kirchturmuhr im Auge behalten. Und wenn ich am Waldrand bin und keine Uhr sehen kann, dann spitze ich doch die Ohren, wenn die Uhr die halben und ganzen Stunden schlägt. Ich pfeife dem Hund. Wir traben los. Und wenn wir dann unterwegs sind, bekomme ich ein Kribbeln im Nacken und wir teilen uns unsere Glücksgefühle von Freiheit und Losgelöstheit. Dann wird es nämlich richtig schön: wir verlieren uns in der Landschaft ...

Die Natur schärft mir die Sinne. Die Augen werden aufmerksam und erkennen Zusammenhänge und Hintergründe. Die Ohren wissen Tausende von Geräuschen draußen zu unterscheiden, hören das Rascheln des Schwarzwilds im Hils und den knickenden Ast, auf den das Reh tritt. Ich kann die Augen schließen und alles einordnen: die Stimme des Eichelhähers, das Pochen des Spechtes, das Huschen der Waldmäuse. Die Nase erkennt die Jahreszeiten: die Scholle im Frühjahr, der breite Duft des Sommers und die gärenden Honigbirnen unter dem Baum, das würzige Pilzaroma in den Herbstwäldern, den eindeutigen Geruch herannahenden Schneefalls ...

Wir Kinder lernen früh, umsichtig mit der Natur umzugehen. Genau, wie wir auch lernen, nichts wegzuwerfen, weil man alles oder fast alles wieder einem Verwendungszweckzuführen kann. In den frühen 50er Jahren sind die Wälder recht aufgeräumt, es liegt nicht viel totes Holz herum, die alten Flüchtlingsfrauen ziehen lange Reiserfrachten hinter sich her die Berge hinunter.

Wir Kinder sind gute und schnelle Sammler von Kiefernzapfen zum Ofenanzünden; wir haben immer zu tun und fühlen uns nützlich, haben abends guten Hunger vom Leben draußen, sind gesund und schlafen gut. Während der großen Kriege, - das hören wir von Eltern und Großeltern – hat die uns umgebende wilde Natur die Bevölkerung mit ernährt. Später war das dann nicht mehr so nötig, aber das Wissen und viele Gewohnheiten und Rezepte sind uns hier geblieben.

Kinderarbeit. Damals schmeckt das irgendwie anders. Es ist gut, zu wissen, dass unsere Arbeit nötig ist. Wir fühlen: wir sind Teil einer Gemeinschaft. Manchmal ist nicht zu trennen, was Arbeit und was Spiel ist, - das vermischt sich, das belastet nicht. Eins ist aber sicher: wir lernen eine Menge und wissen, wie Dinge miteinander verbunden sind. Wir lachen auch viel. Wir fühlen unsere Körper.

Und es gibt auch eine ganze Menge Angenehmes; wir veranstalten regelrechte Sammelwettbewerbe. Unsere Großmütter schnallen uns Gürtel über unsere Strickjacken. An den Gürteln sind große Milchkannen befestigt. Dann bekommen wir ein paar in Pergamentpapier eingewickelte Butterbrote und Flaschen mit Bügelverschluss mit Zitronentee darin zum Mitnehmen. Und dann geht es ab in die Berge. Himbeeren, Brombeeren, Blaubeeren, Holunder, Walderdbeeren, Schlehen warten schon. Bei den Pilzen ist man vorsichtiger, da dürfen wir Kinder nicht unbedingt ran.

Spontane Funde sammeln wir auch gern in den weiten, abknöpfbaren Kapuzen unserer grauen Windjacken. Natürlich gibt es keine Plastiktüten, höchstens einen Beutel, sonst aber, für gezieltes Sammeln, geflochtene Körbe. Die Kapuzen müssen zwar hinterher immer wieder gewaschen werden, aber sie sind wirklich für vieles ganz ideal.

Wir haben keine Ängste im Wald und wir haben gründlich gelernt, wo und wann wir vorsichtig sein müssen. Wir wissen sogar, wie wir uns verhalten müssen, wenn beim Sammeln plötzlich ein Reh, ein Hase oder ein Fuchs auf uns zukommt und eigenartig zutraulich aussieht. Das ist überlebenswichtig. Das muss man wissen. Dann nimmt umgehend die Beine in die Hand und läuft wie verrückt, denn in den Wäldern herrscht damals viel Tollwut! Sowas haben wir beim Sammeln im Hinterkopf. Wir sind aufmerksam beim Aufheben von Zapfen, beim Zusammenbinden von Reisig.

Und wir sind stolz auf unsere Beiträge. Das mit dem Feueranmachen, das lernen wir Kinder schon ganz früh, denn es gehört zum Alltag. Schließlich brennt das Feuer im Herd auch am heißesten Sommertag, zum Kochen, Backen, Braten, Wasch- und Badewassererhitzen, Kaffeekochen.

Wir wissen genau Bescheid über die Vorbereitung des Ofens, über die rechte Zusammenstellung der Materialien zum Anzünden; das lernen wir schon ganz früh von den Großmüttern. Wir können schon mit Zündhölzern und schärferen Messern umgehen. Das bringt man uns früh bei, häufig ein wenig strenger, um auf die Gefahr aufmerksam zu machen. Und wir lernen, aufzupassen!

Wir Kinder kennen alle Feldfrüchte und wissen, was wann und wo wächst und wissen die Flurbezeichnungen und haben die Abläufe des bäuerlichen Jahres im Blut. Und die Gerüche in der Nase: vom Duft der aufgebrochenen Scholle im März bis hin zu den Kartoffelfeuern im Herbst, den würzig-beißenden Schwaden über den abgeernteten Feldern in der nun schon kühleren, dünneren Luft.

Wildkräuter gibt es überall und reichlich. Im Mai sammeln wir Waldmeister, der dann später getrocknet in Säckchen in die Schränke und Truhen zwischen die Wäsche wandert und dort, manchmal sogar noch nach Jahren – süß und appetitlich duftet, wenn man die Schranktür öffnet. Überall gibt es Minze, wilden Thymian, Dost. Für den Duft auch noch Mähdesüß und wildes Geißblatt. In unserem Keller und in der Speisekammer stehen die alten Holzregale dicht bestückt mit Himbeer- und Brombeersaftflaschen, mit eingemachten Blaubeeren und anderem Wildfruchtkompott und mit Marmeladen. Das ist alles ganz normal, wie auch bei den anderen Leuten zuhause.

An mindestens drei bis vier Tagen wird unser Speisezettel durch irgendetwas bereichert, das wir draußen gesammelt haben. Im Winter gibt es Dörrobst zu Kartoffelklößen, ein sanfter Genuss! Und heißen Brombeersaft bei Erkältungen. Und in der Himbeersoße auf dem Vanillepudding am Sonntag stecken noch der Duft des Sommers und die Erinnerung ans Pflücken.

GANZ NORMALER ALLTAG

Wenn es etwas Amtliches zu verkünden gibt, kommt Klingelbecker, der städtische Ausrufer. Er geht mit seiner großen Handglocke vom Rathaus aus durch den Ort, stellt sich an Plätze und Straßenecken und läutet die Menschen zusammen. Dort steht er und ruft mit durchdringender und sonorer Stimme die städtischen Bekanntmachungen aus, Wahltermine, öffentliche Veranstaltungen. Manchmal bilden sich um ihn herum kleine Menschenaufläufe. Er gehört noch Jahre nach dem Krieg zum Ortsbild.

Die Leute stehen immer wieder unter den riesigen Kastanien überall im Ort zusammen und klönen. Junge Frauen mit Einkaufstaschen nehmen ihr Kind an der Hand mit. Alte Frauen mit Korb, Handspaten und Gießkanne sind auf dem Weg zum Friedhof. Kinder malen mit mürben weißen Flusskieseln Quadrate und Rechtecke auf die alten Sandsteinplatten der Fußwege für ihre Hinkelkästchen.

Es ist immer wieder Zeit für eine Berührung durch das Wort. Ganz normale persönliche und unpersönliche Dinge werden ausgetauscht und mitgeteilt: Hagelschlag und Hitze, Selbstentzündung auf den Heuböden, die Kuh hat verkalbt, die Schweinepreise, Einmachzeit, Beerdigung, Feldarbeit, Taufe und Konfirmation, Weizenernte, Hochzeit, Rübenernte, Krankheit, Feste, unglaubliche Neuigkeiten, Einkäufe.

Man verweilt von Natur aus gern und erzählt sich mal eben was zwischen zwei Tätigkeiten. Auch, wenn im Duden etwas ganz anderes steht, sagt man in der Börde „Prahlen" zu diesem Gedankenaustausch. „Ich habe noch eben ein bisschen mit Elsbeth geprahlt", sagt Tante Auguste, als sie mit der Gießkanne vom Friedhof zurückkommt.

Die mütterlich lächelnde Hebamme geht gewichtig mit ihrem ledernen Hebammenkoffer, Hut auf, durch den Ort zur Wöchnerin. Man bringt ihr viel Respekt entgehen; die Männer ziehen den Hut, wenn sie sie sehen.

Kriegsversehrte mit Holzbeinen und Armstümpfen stapfen an Krücken durch den Ort; einige flitzen sogar mit hoher Geschwindigkeit in die Geschäfte und wieder heraus.

Unser Pastor steckt fast immer im Talar, egal, wann und wo er auftaucht. Er gleitet sozusagen über das Trottoir und das Schwarz flattert um ihn herum. Meistens trägt er sein schwarzes Barrett auf dem Kopf. Er ist recht groß und bewegt sich und spricht auf gemessene und würdevolle Weise. Ich versuche immer zu raten, wie er unter dem Talar aussieht.

Der Schornsteinfeger – bis in die Nasenlöcher voller Ruß - geht in seiner althergebrachten Montur, mit schwarzem Anzug mit Goldknöpfen, Kehrbesen über der Schulter, mit Halstuch, knappem schwarzen Käppchen oder Zylinder von Haus zu Haus.

Der Arzt macht seine Krankenbesuche im Ort meistens zu Fuß, immer mit seiner großen, schweinsledernen Arzttasche unter dem Arm. Er hat aber auch für Fahrten in die Dörfer einen alten schwarzen Mercedes, der schon bessere Zeiten gesehen hat.

Der Lumpensammler schlurft in seinen alten ausgetretenen Stiefeln und mit hängendem Hosenboden hinter Pferd und Karre durch den Ort und ruft: „Luuumpen, Eiiiisenn!. Die Kinder rennen hinterher, leeren ihre Taschen und bekommen von ihm Pfennige für kleine aufgesammelte Eisenteilchen, rostige Nägel, Schrauben. Ein großes Fass voll davon steht hinten auf dem Wagen. Man wirft nichts weg, alles wird aufgesammelt...

Schwerere Unfälle auf den Straßen kommen in den 50ern nicht vor. Die Straßen sind schließlich kaum befahren, und auf dem Kopfsteinpflaster hört man jedes Pferdegespann mit den schweren Kaltblütern schon meilenweit, bevor es um die Ecke biegt.

Und wer hat denn schon ein Auto? Selbst die Beerdigungen finden ohne Motorisierung statt. Sie sind würde- und ehrenvoll: Pferde mit schwarzen Schabracken und schwarzgrauen Büschen aus Straußenfedern auf dem Kopf ziehen den schwarzem Leichenwagen. Sein schwarzer Baldachin schaukelt beim Fahren langsam über dem Sarg mit den Kränzen darauf. Die vier schlanken Stangen des Leichenwagens, die den Baldachin halten, sind schwarz und gedrechselt. Auf dem Kutschbock sitzt der Kutscher in schwarzem Gehrock und Zylinder und hält die Zügel. Gleich hinter dem Gespann mit dem Sarg geht der Pastor, hinter ihm folgen zuerst die nahen und dann die ferneren Verwandten des Toten, Nachbarn, Freunde, Bekannte. Die Leute verstehen noch, gemessenen Schrittes zu gehen. Alle bleiben stehen, wenn der Leichenzug durch den Ort zieht; die Männer räuspern sich und ziehen den Hut, die Frauen verneigen sich, die Kinder sind still, bis alles vorbei ist.

Hin und wieder fährt ein englischer Armeejeep unserer Besatzungstruppen durch die Orte, denn wir befinden uns in der britischen Zone. Die Soldaten, die aus ihren Kasernen vom Berg herunterkommen, sind sehr freundlich zu uns Kindern. Ich knickse dann, weil sie gar so nett sind und meine Mutter bringt mir „Good Morning" und „thank you" bei, was ich prima finde und gleich ausprobiere auf der Straße. Dann bleiben die Soldaten stehen und sprechen so schön und lachen und streichen über meine Haare. Darum liebe ich die Engländer. Sie sind so groß und schlank und schlaksig und sie tragen ihre Uniformen so lässig.

Der Krieg liegt ja noch nicht so lange zurück, und um uns herum gibt es kaum eine Familie ohne Kriegsschicksale; in jeder Familiengeschichte tauchen Verlust, Angst, Flucht, verbrannte Habe, Grauen auf. Im

Ort gibt es nun zugewanderte Flüchtlinge aus Schlesien, aus Ostpreußen. Und bei meiner Mutter im Laden hört man nun außer Hochdeutsch und ostfälischem Platt schwerwiegende, bedächtige und breitvokalige Worte und ein neues Vokabular. Ich wundere mich über Wörter wie „nuschte", „Rieben", Kenigsbarch" und bin für die alten Frauen „das klejne Marjarlchen".

Ab und zu darf ich mit zum Hufschmied, wo ich es unheimlich und spannend finde. Die Glut in der Dunkelheit im Hintergrund, das Hämmern, die braven Pferde, die ihr Hufeisen angepasst bekommen. Sanft wie die Lämmer stehen sie da, weil ihnen die Prozedur schon gut bekannt ist. Es riecht beißend, wenn die heißen Hufeisen auf's Horn des Hufes treffen. Die Hufnägel sind riesig und ich habe immer Sorge, dass dem Pferd vielleicht doch weh getan wird. Aber danach laufen die Pferde ganz normal und das Klickern und Hämmern ihrer Hufe auf dem Kopfsteinpflaster des Ortes klingt wie immer.

Die Friseusen kommen bei Bedarf mit ihren Spiritusheizern und Brennscheren in die Bauernhäuser und ondulieren die Damen genau rechtzeitig vor Konfirmationen und Silberhochzeiten. Das ist ein wichtiges Ritual und dazu wird Kaffee gekocht. Die Lockenzangen der Friseusen werden über einem kleinen Spiritusbänkchen mit seiner blauen Flamme erhitzt. Dann wird erst einmal auf einem Stück Zeitungspapier ausprobiert, ob die Hitze genau richtig für Locken und Wellen ist. Das ist wichtig; sonst verbrennt man die Haare. Ein weiteres Hilfsmittel für eine gepflegte Frisur sind blecherne Wellenklammern, die in das heiße Haar gedrückt werden, kunstvoll zwischen den flach angelegten zwei Fingern, die das Haar halten. Damit werden schön gepflegte Wellenstufen vorne oder oben und seitlich am Kopf gelegt. Das ist eine wahre Kunst für flinke und versierte Finger.

Ab und zu bringe ich reparaturbedürftige Schuhe weg. Der Schuster hat seine Werkstatt, die aussieht wie eine einfache größere Kammer, gleich um die Ecke. Dort sitzt er auf einem Holzschemel. In der Kammer riecht es intensiv nach Leder und Schusterleim. An den Wänden hängen Schablonen mit Namen darauf, halbfertige Stiefel stehen an der Seite, andere Schuhe hängen vom Regal herunter, andere sind auf Schuhspanner gezogen. Holzleisten stehen im Regel. Neben seinem Schemel vor dem Fenster stehen sein Schusteramboss und eine gusseiserne Nähmaschine zum Nähen von Leder. Vor ihm auf der Bank liegen Mengen von Werkzeugen, Schustergarn, Feilen, Ahlen, Bohrer, Zangen, Nadeln.

Neben ihm stehen Körbe mit Schuhen, die zu noch auszubessern sind. Er ist immer sehr gut gelaunt trotz seiner Schwerbehinderung aus dem Zweiten Weltkrieg. Behände flitzt er vom Tresen zu Regal, zu anderen Körben, fischt etwas heraus, streicht Leim auf Sohlen und legt die neue Sohle auf. Dann wird sie, geleimt, am Schuh zugeschnitten und die neue Sohle wird noch mit kleinen Stiften angehämmert. Dann werden die Seiten abgeschliffen und poliert. Ich bleibe oft noch da und schaue zu. Bei jedem Besuch entdecke ich neue Werkzeuge oder Gerätschaften, über deren Verwendung ich rätsele. Oder ich frage ihn, und er erklärt ganz willig alles. Ein freundlicher Mann.

Wenn er mir die fertigen Schuhe überreicht, erklärt er immer noch einmal seine getane Arbeit: die neue Sohle, die geschlossene Naht, das wieder befestigte Riemchen. Er hat immer viel Arbeit, denn neue Schuhe sind teuer und man wirft so schnell nichts weg...

Neben uns wohnt der Schlachter, der bekannt ist für seine guten Waren, und wir Kinder schauen gelegentlich durch kleine Ritzen im dichten, hochgeschlossenen Holzbretterzaun, denn dahinter grenzt sein kleiner Hof, ausgelegt mit Sandsteinplatten, an. Und wir sind immer neugierig.

Eines Tages sehe ich dann auch durch einen Spalt im hohen Holzzaun in meiner Augenhöhe, wie ein riesiger Bulle auf den kleinen Hof hinter dem hohen Zaun geführt wird. Ganz ruhig steht das Tier. Dann geht alles ganz schnell. Der Geselle hält einen spitzen Metalldorn vor die breite Stirn des Tieres und dann kann ich durch die winzige Ritze sehen, wie ein Arm einen großen Hammer schwingt und auf den Dorn schlägt. Dann knicken dem Riesentier sofort die Beine weg. Er sinkt tot zu Boden. Greifbar nahe, in Sekunden, erlebe ich seinen Tod. Ich weiß, so etwas darf ich nicht sehen, so etwas ist natürlich verboten für Kinder. Aber ich stehe da wie gelähmt, kann den Blick nicht abwenden, kann diesen schnellen Tod gar nicht richtig begreifen. Dann werde ich beim Schauen erwischt und meine Großmutter droht und schimpft...

Das Fleischereigeschäft von Onkel Willi nebenan ist äußerst kühl, sauber und hygienisch. Alles ist weiß gekachelt. Hier riecht es nach Gewürzen und geräucherter Wurst und Schinken. An den Wänden befinden sich herumlaufende Schienen, an denen an Fleischerhaken große und kleine Würste hängen. Einige hängen auch von der Decke herab und werden nach Bedarf mit einem Haken am Stiel heruntergeholt. Rundherum hinter dem Glas der Tresenverkleidung sind weiße Marmorflächen angebracht. Sie sind immer blitzsauber. Kleine Stapel aus zugeschnittenem, weißem Pergamentpapier liegen dort neben der Waage und daneben etwas größere Bögen aus rosagrauem Einwickelpapier. Dort liegen auch große scharfe Messer mit geschliffenen Klingen und ein überdimensionales Holzbrett. An der Wand steht ein Hackeklotz mit dem Beil darauf, eine handbetriebene Aufschnittmaschine steht an der Wand gegenüber. Und zum Fenster hin sieht man Grünpflanzen, die diese weißgekachelte Frische noch kühler erscheinen lassen: Grünlilie und Efeu.

Willis Frau, Tante Anneliese, trägt eine weißgestärkte Schürze und sieht immer frisch und rosig und wie aus dem Ei gepellt aus. Und nur ganz selten, wenn Onkel Willi (blau-weiß gestreifter Schlachterkittel, Schürze, Gummistiefel, Käppchen auf) freundlich grüßend hereinkommt, ein Edelstahltablett mit einer frischen Portion von durchgedrehtem Hack balancierend, sieht man schon mal einen winzigen Blutfleck auf seiner Schürze. Er ist aber auch immer schnell wieder draußen.

Onkel Willi hat auch zwei riesige Doggen. Eine ist braun, die anderen weiß mit schwarzen Flecken. Ich höre manchmal bei uns auf dem Hof ihr Bellen, das sich mehr wie ein tiefes und bedrohliches Gebrüll anhört. Die Tiere, so groß und fest, mit seidigen spitzen Ohren finde ich wunderbar. Ihre Schultern haben starke Muskeln und die beiden Hunde sehen machtvoll und gleichzeitig glatt und ein bisschen bedrohlich aus. Aber zu uns Kindern sind sie zutiefst liebevoll. Wir dürfen sie drücken und streicheln und sie reagieren sanft und lieb. Oft ziehen sie eine hölzerne Hundekarre mit Paketen darauf durch den Ort oder hoch zum Bahnhofsberg und zur Post und sind im Einsatz, gar prächtig im Geschirr, schweifwedelnd und geschäftig.

AM WASSER

Im Sommer sitze ich im hohen Gras an der Uferböschung der Lenne am äußersten Rand der Gartenbeete, am Ende des schmalen Gartenpfades, der zum Fluss führt, den Rücken an die hohen Sandsteinplatten der Gartenwege gelehnt. Das ist herrlich warm im Rücken. Grün-goldene Käfer krabbeln über die Flechten und Moose der Steine; alles schimmert sanft in der Sonne.

Das kleine Glück ist immer da. Neben mir ständig ein bis zwei Bücher, eine Honigbirne, eine im Gras saubergewischte Mohrrübe. Und natürlich, immer auf Tuchfühlung, die stupsende Hundeschnauze der rotbraunen Senta, die es immer wieder schafft, ihren schönen Kopf mit den wachen Augen zum Schmusen unter meine Achseln zu zwängen. Man kann schön träumen am Wasser, in der Stille, ganz nah neben uns das rauschende Fließen des kleinen Flusses über große Steine und unter großen Weidenstämmen hindurch, die eine Brücke hinüber zum Obstberg bilden, wo wir unsere Wäsche zum Bleichen auslegen. Da sind die hellen, das Licht der Sonne spiegelnden Stellen im Fluss, da, wo er hüpft und schnell weitereilt. Und etwas weiter, unter den schwerhängenden Ästen der Weide, sind dann die dunklen, geheimnisvollen Stellen, die Schauder verursachen und die auch anders riechen – herb und scharf, nach den Riesenblättern des wilden Rhabarbers. Hier verbirgt sich auch die Wasserratte in der Böschung und die Moose des Untergrunds bewegen sich träge entlang der Fließrichtung in langschwebenden dunkelgrünen Zotten im Wasser.

Im mich umgebenden Garten neben dem Wasser gibt es auch viel Interessantes und Nahrhaftes. Senta jagt Wasserratten und währenddessen sammele ich die winzigen schwarzen Samen aus den Kapseln der Jungfer-im-Grünen, klettere den Baum halb hoch und pflücke mir von den kleinen duftenden Cox Orangen und balge wieder mit dem Hund herum, balanciere dann wieder auf den alten abgesägten Weidestämmen, zusammen mit dem Hund, über den Fluss hin und her.

Schon etwas seltener holt meine Mutter auf mein Drängen hin die große Hanfhängematte heraus und befestigt sie, ganz nahe am Wasser, zwischen einem Gravensteiner und einer Napoleons Butterbirne. Wenn ich hier liege und lese, möchte ich nirgendwo sonst sein. Mein Bein hängt heraus und meine Zehen kitzeln den Hund hin und wieder hinter den seidigen Ohren. Er hat sich unter meiner Hängematte zum Schlafen hingelegt. Leise schaukelt die Matte, ich esse Äpfel, lese Märchen und über mir ist das grüne Blätterdach, durch das sich hin und wieder ein Sonnenstrahl verirrt. Mit Schwung werfe ich die abgekauten Kerngehäuse hinunter in die Flussböschung.

GERÜCHE UND GERÄUSCHE.
DER GESCHMACK.

Die Börde. Die Waldränder. Die Klippen. Das sind tausend Schönheiten um mich herum, das ist eine umwerfende Vielfalt von Blumen, Gräsern, Beeren und Kräutern. Das sind wunderbare Steine, verschlafene Fachwerkbehausungen, kleine Katen und behäbige Bauernhäuser, das sind Brückchen und Stege über Hunderte von Bächen, das sind Ozeane von herb duftenden Himmelschlüsselchen, Wiesenschaumkraut und Skabiosen an den Waldhängen, das sind ganze Konzerte von Vogelstimmen am Tage und krähende Hähne, die den Morgen ausrufen, über den Feldern aufsteigende Lerchen ihrem Gesang und still segelnde Milane; das sind die geliebten tschilpenden Schwalben unter den Dächern, die großen, grollenden Gewitter, die Blasen werfenden Regengüsse und der Duft der Luft nach dem Gewitter, die sirrende Sommerhitze, der strenge Staub der Wege, die Frische und Tiefe der Wälder, das Harz der Nadelbäume!

Der Reichtum der Börde: wilde und bizarre Juraklippen, an den Wiesenrändern fast alles zu verwenden - Rotklee, Johanniskraut, wilde Malve, Beifuß, wilder Majoran, wilder Borretsch. Die herrlich duftigen Heckenrosen, die als Hagebuttenwolken wieder im Herbst auftauchen.

Und noch so viele andere betörende Düfte von Mai bis Oktober: Mädesüß an den Bächen der Berghänge mit betäubenden Schwaden süßen Parfüms, die süßriechenden Geißblattrispen am Waldrand, die fußballfeldergroßen Areale mit Maiglöckchen, die Waldmeisterlichtungen.

Aber auch die herberen, die würzigeren Gerüche des Bärlauchs im späten März, die sich über gewaltige Strecken im Ith ausbreiten, die Aromen der geheimnisvollen und dunklen Ufer an geheimen Orten der Lenne, überwuchert von wildem, strengem Riesen-Rhabarber, der Geruch modernden Holzes und würziger Pilze tief in den Wäldern.

Und die Geräusche – die Hunderte von Vogelstimmen, wenn der Tag erwacht. Das Klappern der Pferdehufe und das Rollen von eisenbeschlagenen Rädern über die Kopfsteinpflaster. Das lebendige Sprudeln der vielen Bäche, das Rauschen des Flusses, der Blitzeinschlag mit darauf folgendem lauten Knall bei schwerem Sommergewitter. Die heiseren Schreie der hungrigen, einsamen Krähen auf den kalten weißen Feldern des Winters. Das Kling-Klong beim Dengeln der Sensen, das Schnauben der schweren Kaltblüter vor dem Erntewagen! Das Klirren der Ketten im Kuhstall.

Der Ith. Das ist der große Lindwurm, der starke Rücken, der große Schutz vor Wind, das Kaleidoskop der Jahreszeiten!!! Jeder Tag zeigt ihn in anderen Farben, anderen Umhüllungen, anderen Nebeln! Und was für Nebel: drehende Spiralen, sanfte Wolldecken, filigrane Schichten, waschküchenartiger Brodem, stille schwere Watte, beschützender Mantel. Starker Berg mit hohen Schwingungen, magisch, geheimnisvoll, angefüllt mit Leben ...

Und seine Wiesen und Hänge! Auf der Nordseite manchmal in allen vorstellbaren Blau-, Grün- und Blaugrüntönen, je nach Sonneneinfall und Schatten, nach Jahreszeit und Feldfrucht. Seine Ränder und Kammwege, die Blicke zwischen den Buchen in die Täler hinunter, die sonnenfangenden Südhänge, die uralten Formen der Kalksteinklippen, die wilden Orchideen, die geheimnisvollen Höhlen! Darüber die gleitende Leichtigkeit der Segelflieger, still und elegant in den Aufwinden ...

Der dunkle Hils mit seinen Fichten, seinem Muffelwild, das Geheimnis des Schwarzen Landes, die schweren Harz- und Nadelgerüche. Und wie das schon klingt: das Schwarze Land!

Die Blicke hinüber zum Duinger Wald und dahinter die Kuppen der ersten der Sieben Berge an der Leine, der Thüster Berg, einladender Süntel und großer Deister. Und das Auge sieht Höhenzug um Höhenzug, immer wieder tun sich neue Täler auf, in großen Wellen. Und jeder Berg, jeder Wald hat einen anderen Charakter, - leicht, schwer, dunkel, hell, einladend und abweisend. Auf der anderen Seite des Iths der Stadtberg, das Odfeld, der Blick hinüber zum Elfass. Und dann der große, weite und tiefe Vogler. Und dort der Blick zum Solling.

Der weite Blick. An Sonntagen meiner Kindheit sitze ich mit meinem Großvater und horche in die Stille hinein, höre sorgsam, höre sogar bei Wind drüben, vom Westen kommend, das Tuten eines Weserdampfer, höre alles, was sich in den Haselnusshecken bewegt. Das Rascheln der kleinen Mäuse.

Das Weserbergland, das ist Spiel von Licht und Schatten, das sind die vielen Vergissmeinnicht am Bach und die Moosbetten am Fuß der Bäume. In den Lichtungen kann man sich vorsichtig hinsetzen, um Salamandern, Eichelhähern und Spechten bei der Arbeit zuzusehen. Und wenn man im Sommer großes Glück hat, kommen sogar dicke schwarze Hirschkäfer zum Kampf in die Sonne heraus!

An manchen Tagen ist die Herrlichkeit kaum zu fassen. Als ich zum ersten Mal die Rühler Schweiz hinunter fahren darf in einem der seltenen ersten Autos nach dem Krieg, da ist es einfach nur atemberaubend. Die Kühe stehen an steilen Hängen, der Vogler sieht so gewaltig aus mit seinen Schluchten, dass man beim Ankommen in Rühle und Bodenwerder denkt, man sei im Ausland gewesen. Im Sommer ist dort oben Schlaraffenland mit so viel herrlichem Obst an den Straßenrändern, dass einem die Lederkirschen fast in den Mund hinein wachsen.

Und unten an der Weser, geschützt vor Wind und Wetter, ummantelt von den Bergen, strahlt die Sonne nur noch wärmer und Bodenwerder und Rühle haben immer irgendwas wie Ferien an sich.

Die Landschaft der Weserberge und -täler - das ist der einzige, wahre Luxus: weiter Raum, gute Luft und Stille. Und das ist – in Vollmondnächten – eine ganz andere Zeitqualität. So still, so klar, so frei von Ablenkung. Das Licht des Mondes transformiert die Dinge. Landschaft nimmt eine andere Gestalt an, Umrisse werden verfremdet. Da sind verwunschene Dörfer. Stallgebäude und alte Buchen ändern ihre Konturen, Hofpflasterungen haben jetzt bleisilbernen Schimmer; alle Proportionen erscheinen irgendwie verschoben.

Und da ist dann natürlich: der Geschmack.

Manche Geschmäcker haften – wie manche Gerüche – immer in unserer Erinnerung. Je weiter die Zeit vergeht, desto intensiver bleibt eine Sehnsucht nach diesen alten Geschmackserlebnissen zurück, die nur noch ganz selten befriedigt werden kann in einer Zeit der Fertiggerichte und industriell hergestellten Convenience Food und Fast Food.

Die Geschmäcker jener Zeit sind einfache Geschmäcker: der malzige von den Krusten frisch gebackener Brote zum Beispiel. Der Geschmack der knackig-süßen Möhre, gerade aus der Erde gezogen und am Gras abgewischt. Die Kartoffeln im Herbst, aus der Asche der Kartoffelfeuer geholt, noch brennendheiß, außen aschig, innen weich und duftend, mit Butter darauf, immer erst gut vor dem Anbeißen zu bepusten!

Der süßlich-frische Gemüsegeschmack roher Zuckererbsen. Eine dünne Scheibe selbstgeräucherter, duftender Mettwurst! Und unsere Gaumen kennen alle Unterschiede der Apfelsorten – den Zitrusgeschmack der Cox Orange, den noblen Gravensteiner, den vollen Renettengeschmack, die zuckrige Süße der roten Winteräpfel und den kräftigen, vollen Boskoop mit der feinen Weinsäure. Das sanfte glatte Vanillearoma der Butterbirne und die volle, runde Süße der Honigbirne.

Der Tropfen Maggi auf dem Handrücken, andächtig abgeleckt.

Die frischgebratenen Puffer mit eigenem Apfelmus...

Und dann, im Winter, auf der Fensterbank, die duftende, herrliche Steinbirne, hart wie ein kleiner Felsbrocken, aber mit der sanftesten, blumigsten Erinnerung an den Geschmack und das Aroma des Sommers ...

DAS SAMMELN:
DIE LANDSCHAFT ERNÄHRT DEN MENSCHEN

Sammelzeit. Das ist Erinnerung, ist Wissen um Geschmack, Verarbeitung und Ergebnis. Ist Lust an Farbe und Textur. Die Ergebnisse dieser Lust können sich sehen und schmecken und riechen lassen, vom Apfelgelee bis zum Pflaumenmus, von Brombeermarmelade bis Heidelbeersaft, von Himbeersirup bis zur Hagebuttenmarmelade und den Walnüssen und Haselnüssen im Winter. Von Waldmeisterkissen im Wäscheschrank bis hin zum aufgereihten Dörrobst.

Das Sammeln ist echte Bereicherung des Speisezettels, je nach Sammelwut und Saison. Unter Garantie findet man immer Kräuter für Tees und zum Würzen. Es gibt immer Beeren und Wildfrüchte. Sammeln gehört einfach dazu, ist aktives Tun mit direktem Ergebnis. An guter, sauberer Luft. Zwischendurch landet einiges auf der Zunge und nicht im Behälter. Manche Klette hängt am Pullover, mancher Dorn landet im Mittelfinger, Bremsenstiche jucken teuflisch am Schienbein, ab und zu tritt man in eine Pfütze. Aber es ist herrlich! Irgendwann sitzt man mit voller Milchkanne oder vollem Körbchen auf einem abgehauenen Baumstamm und schaut umher. Und manchmal wird man auch ganz still, hört das Knacken von Zweigen ganz in der Nähe und vermutet Rotwild gleich ein paar Meter weiter. Der Specht klopft und hackt. Es riecht nach Pilzen. Oder Harz. Überall sind diese wunderbaren Gerüche, ganz zu schweigen von den Beerendüften im Eimerchen. Dabei findet man Ruhe zum Besinnen ...

Im Herbst gehen viele Frauen und Kinder nach der Kornernte noch mal über die Stoppelfelder und sammeln heruntergefallene Ähren auf. Überall ist etwas Verwertbares zu finden. Oder man geht nach der Kartoffelernte nochmal über das Feld und sammelt übriggebliebene kleine Kartoffeln auf. Die Haselnusshecken auf dem Kirchberg sitzen voller Nusspaare.

Wir sind damals noch keine Verschwender, sondern fast nur echte Sparer und Verwerter. Und die Gottesdienste zum Erntedankfest sind noch bedeutende und gut besuchte Anlässe. Wir Kinder gehen mit den Erwachsenen zur Kirche und betrachten dort vor und um den Altar herum die schön ausgelegten Früchte aus Feld und Garten, staunen über die große Fülle.

In der Sammelzeit sitzt man oft auch mal, einfach so, auf einer Decke irgendwo am Hang, schaut über Wiesen und Höhenzuge, Wald und Feld und rutscht mehr und mehr hinein in die unglaubliche tiefe und zeitlose Stille, die einen umschließt. Und bekommt man einen Vorgeschmack von wirklichem Frieden.

Die Verarbeitung unserer gesammelten Wildfrüchte kostet – bis auf ein bisschen Gewürz, Zucker und Brennstoff - nichts. Ihr Sammeln und Zubereiten ist das preisgünstigste und angenehmste Vergnügen.

Und so verändert sich in manchmal sogar beim Sammeln in wenigen Augenblicken die Zeitqualität. Und aus der veränderten Zeitqualität heraus ändert sich auch etwas in uns. Wir lassen uns Zeit, schauen nicht auf die Uhr. Das ruhige Schauen, das Sammeln, das Verarbeiten zu Hause bereichert und macht zufrieden.

Schützenfest 1952

In den Schubladen der Bauernhäuser und in einigen Glasvitrinen der Wohnstuben steht und liegt noch einiges an Lesbarem herum. Da gibt es manchmal noch einbandrückenlose, halbzerfledderte Bände von Grimms oder Hauffs Märchen. Alte Lesebücher unserer Großeltern tauchen auch auf, manchmal sogar noch ein Exemplar der „Gartenlaube". Es existieren vergilbte Modehefte mit herausgenommenen Schnittmusterseiten. Oft stehen landwirtschaftliche Lehrbücher in den Vitrinen.

Die spannendsten sind für mich die über die Anatomie der landwirtschaftlichen Nutztiere. So kann man dort Kühe aufklappen, immer tiefer in den Bauch hineinschauen, die Rippen, die Mägen sehen und – ganz zum Schluss – das Kälberembryo im Uterus der Kuh – eine tolle Entdeckung!

In Tante Augustes bäuerlichem Haushalt liest man die „Land und Forst" oder im „Ratgeber". Auguste strickt wie die meisten Frauen abends zur Entspannung und aus Gewohnheit immer noch ein paar Runden an der Socke. Wenn sie aber beim Zuhören besonders gebannt ist, ruhen die Hände, nachdem sie vorher mit einer blitzschnellen Bewegung die fünfte Sockenstricknadel– die Abstricknadel – hinten hinein in ihren Knust im Nacken gesteckt hat. Der aus Zöpfen gewundene Knust mit unsäglich vielen Haarnadeln, die überall mal herausfallen, ist die damalige Haartracht aller Landfrauen. Und Tante Auguste sieht mit der Nadel im Knust manchmal sogar ein wenig indianisch aus ...

In fast allen Häusern gibt es in den 50er Jahren natürlich auch noch diese sagenhaften alten, dicken Alben aus Vorkriegszeit mit eingeklebten Zigarettenbildern:

„Unser Land in Deutsch-Südwest", „Freund Adebar", und „Unser Führer Adolf Hitler" mit Bildunterschriften wie „Führeraugen – Vateraugen" und mit vielen Fotos von steinernen Adlern und Hakenkreuzbannern. Ich merke, diese Bände atmen Strenge und ich verstehe nicht, warum alle auf den Bildern braune Hemden tragen und so eigenartig die rechten Arme vorstrecken und leuchtend rote Fahnen grüßen. Immer wieder Fahnen und diese schwarzen komischen Kreuze darauf.

Nach einigen Seiten wird mir bei den vielen Uniformen langweilig und ich greife wieder zum Afrika-Band. Ich interessiere mich doch mehr für afrikanische Kronenkraniche und Nilpferde, für die Schneespitze des Kilimandscharos und die seitlich eingeknickten Hüte der Schutztruppen in Deutsch-Südwest. Hyänen sind absolut faszinierend und Zebras auch.

In der Schule lesen und tauschen alle ihre Karl May-Bücher. Die Mädchen haben zu Hause noch alte Vorräte ihrer Mütter, Großmütter und Tanten herumliegen wie „Försters Pucki", „Nesthäkchen fliegt aus dem Nest", „Goldköpfchens Brautzeit" und – noch älter - „Das Hummelchen". Alle Mädchenbücher sind voll von Patriotismus, Gehorsam, lieben Kindern, braven, altruistischen kleinen Geschichtchen. Neue Bücher gibt es kaum nach dem Krieg. Die Frauenrolle ist meistens noch die festgelegte, bekannte und unhinterfragte: Hausfrau und Mutter. Erst Ende der 50er Jahre wagt man sich ein wenig vor, aber nur ganz zaghaft. Und auf dem Lande sind die alten Rollen sowieso noch lange am Wirken...

Mein Vater stirbt schon 1949 und hinterlässt eine Riesenlücke, die sich nicht mehr füllen lässt. Meine Mutter und mein Welfengroßvater teilen sich danach vorbildlich und kameradschaftlich alle Aufgaben, die mit unserem kleinen „Buch- und Pressevertrieb" anfallen. Mein Großvater legt sogar eine kleine Leihbücherei aus Zusammengetragenem und Eigenem an, alles säuberlich in blauem Wachspapier eingebunden, die Rückenbeschriftung auf Leukoplaststreifen. Das Angebot wird gern angenommen; die Menschen sind lesehungrig nach dem Krieg.

Mein Großvater hat schon ganz früh mit dem Sammeln von Briefmarken angefangen, zusammengefischt aus den Abfallkörben seines Arbeitgebers während seiner kaufmännischen Lehre in Hannover und danach. Er verfügt über eine stolze Sammlung. Und natürlich auch über eine zweite, eine fast vollständige Dublettensammlung. Diesen Dubletten und den englischen Besatzungskräften haben wir zu verdanken, dass wir ganz schnell zur Einrichtung eines bescheidenen Ladens kommen.

Der englische Offizier, ein höflicher Gentleman, kommt mit dem Jeep vorbei und will das Gesuch meines Vaters auf Einrichtung eines „Buch- und Pressevertriebs" prüfen. Außerdem muss er uns die Verpflichtung abnehmen, dass wir im Genehmigungsfall zukünftig nur Literatur demokratischen Inhalts verkaufen werden. Da sieht er plötzlich auf einem Tisch an der Seite ein geöffnetes Briefmarkenalbum meines Großvaters mit einer Lupe darauf liegen. Seine Pupillen weiten sich. Er setzt sich hin, betrachtet alles und ist hellauf begeistert. In kürzester Zeit wird man sich einig, die Männer mögen sich und schütteln sich die Hände. Dem Antrag wird schnellstens und ganz unbürokratisch entsprochen und wir bekommen sogar Hilfe von den Engländern für die Ausstattung des Ladens mit vielen schlichten Tannenholzregalen und einem einfachen Tresen.

Nun haben wir die Erlaubnis für einen Laden, aber wie kommen wir zu Büchern, vor allem Schulbüchern? Mein Vater, damals noch recht lebendig und voller Ideen, ist besorgt. Für ihn ist immer schon das Lesen von gewaltiger Wichtigkeit gewesen, und er will ganz schnell, dass die Kinder wieder Schulbücher bekommen können, damit es weitergeht mit der Bildung, denn gleich nach dem Krieg gibt es nichts mehr und die Schulbücher aus nationalsozialistischer Zeit sind vernichtet.

Die wenigen Züge, die fahren, sind überfüllt. Autos gibt es kaum, ein einziger alter Mercedes fungiert als Taxi. Sonst gibt es nur Pferdefuhrwerke mit metallbeschlagenen Rädern, die manchmal auf den Kopfsteinpflastern der Straßen Funken schlagen.

Mein sportlicher Vater löst das Problem mit Mut und Ausdauer. Er fährt, mit Rucksack und Aktentasche ausgerüstet, draußen auf dem Trittbrett der überfüllten Bahn nach Hannover, besucht dort den Verlag, der die ersten Schulbücher herausgibt, packt Tasche und den Rucksack damit voll und fährt wieder heim.

Erschöpft aber glücklich präsentiert er die ersten Schulbücher! Im Anfang müssen mehrere Kinder sich ein Buch teilen. Aber er fährt ja wieder und wieder..... 1948 hat er so viele Bücher und Schulbücher zusammen, dass er in einem alten Kinosaal eine kleine Buchausstellung machen kann. Alle Plakate und Wegweiser der Ausstellung sind per Hand mit Feder und Tusche gezeichnet. Viele Menschen kommen und bestaunen die erste Nachkriegsliteratur.

Freundin Gudruns hochmusikalischer Vater bringt die Kultur in Form von Musikveranstaltungen wieder zurück in den Ort. In seiner schmalen Freizeit (schließlich arbeitet man ja auch noch samstags, oft bis zum frühen Nachmittag) organisiert er kleine Kammermusikkonzerte in der Schulaula und spielt selbst auch mit. Die Leute kommen zu Hauf, ausgehungert nach all dem Schönen, das so lange brach gelegen hat.

Die britischen Besatzungskräfte legen hinter der Schule einen wunderbaren Sportplatz an, den sie selbst auch benutzen, aber den sie der einheimischen Bevölkerung übergeben. Überall kommen die Dinge in Gang. Selbst als Kind spüre ich ganz deutlich: hier kommt Bewegung rein!

Und dann ist da die Badeanstalt! Für uns Kinder wohl das Wichtigste in den heißen Sommern! Nichts mit Chlor und durchsichtigem Wasser und blauen Kachelwänden! Die guten redlichen Sandsteinplatten der Region haben das große 50m-Becken ausgekleidet, dazwischen, in den vielen Ritzen, tummeln sich die Hunderte von flinken, schwarzen Kaulquappen, die uns durch die Beine flitzen, wenn wir Kinder, mit Korkgürtel um die Brust, unsere Schwimmübungen im großen Becken machen. Der Bademeister nimmt manche von uns noch zusätzlich an die Leine, damit wir Sicherheit spüren.

Das Wasser riecht ganz wundervoll, so moosig und frisch. Und es ist auch immer wieder ein wenig unheimlich, da wir den Grund niemals sehen können. Wenn wir ein wenig untertauchen, ist da immer wieder die leicht umbra-schleiergrüne Dämmerung und jeder tiefere Tauchgang wird zur Mutprobe. Im großen Becken dümpeln zwei riesige entrindete Baumstämme, an denen man sich im Wasser emporziehen kann, um sie mit dem ganzen Körper in Besitz zu nehmen; manchmal sogar zu mehreren Kindern. Dann kann man darauf durch das ganze große Becken reiten oder sich einfach nur so drauflegen und treiben lassen. Die meisten Kinder streben zuerst zum Balken hin. Die großen Jungen verscheuchen oft die kleineren Kinder oder sie gewähren irgendwann den Balken großzügig, fast wie eine Gnade.

Die Gerüche! Die Geräusche! Wenn man – ein wenig zittrig und atemlos – endlich aus dem Becken kommt, warten schon die Decke, das Handtuch, das eingepackte Butterbrot mit Apfel und manchmal sogar eine kleine Tüte mit Süßigkeiten. Zusammen mit der Freundin lässt man sich auf die Decke fallen, verschnauft gemeinsam, verschlingt gemeinsam die Schnitten, teilt Süßes, liegt dann einfach nur so da und schaut hoch in das unendliche Blaue und in die ziehenden zarten Zirruswolken und auf die sich ständig in ihrer Form verändernden Kumuluswolken.

Wir sehen die tollsten Dinge dort oben: Türme, Kastelle, einen sitzenden Hund, das Gesicht unseres Lehrers im Profil, zwei sich jagende Hexen, sich blähende Segel, eine drohende Faust...

Wir liegen da und schauen und manchmal schließen wir die Augen vor der Sonne und dem vielen Blau. Und die Geräusche um uns herum sind Teil dieser immer wieder typischen Sommerkulisse. - Kinderstimmen und Lachen, klatschende Aufprallgeräusche vom Wasser her, das Rasen sich balgender Kinder, hohe weinerliche Stimmen von kleinen Mädchen, das gelegentliche Brüllen des Bademeisters, prahlende Sprungvorführungen pubertierender Jungen. Und dann kommt ein Punkt, da wird alles zu einem großen summenden, rauschenden Geräusch, ohne das die Badeanstalt nicht vorstellbar wäre.

Heimlich beobachten wir Liebespaare und ihre zärtlichen Gesten und sitzen gern in ihrer Nähe oder legen unsere Decken so, dass wir unauffällig zuschauen können bei den Umarmungen und Küssen.

Und dann kommt der Weg durch den Ort zurück nach Haus, Bademantel über der Schulter, die Haare von der Sonne ausgebleicht, zottig, Sonnenbrand auf der Nase, Augen strahlend, barfuß, und immer mit knurrendem Magen nach so viel Bewegung und wundervoller Verausgabung. Nach unserem Abendbrot schlafen wir ein wie schwere Mehlsäcke, rundrum zufrieden.

Wir haben sogar ein Kino im Ort, ein altes, wo in der Nähe der Bühne an der Wand noch ein abgedecktes Piano steht, das früher zum musikalischen Untermalen der Stummfilme benutzt wurde. Man erzählt immer noch vom alten Propfe, der das ganz genial konnte und seine Musik immer der Stimmung der jeweiligen Szene anpassen konnte. Das Kino hat immer noch die alten und schon verschlissenen, roten Samtvorhänge vergangener Tage. Es gibt sogar einiges für Kinder: Hänsel und Gretel. Die goldene Gans. Dornröschen. Und dann: Heidi! Mit all der Bergpracht und dem einsamen Almöhi und der armen Klara. Und Geißenpeter. Der Almöhi tut mir so leid, weil er so allein ist ohne sein' Heidi, dass ich immerzu weinen muss und gar nicht aufhören kann. Trotzdem liebe ich das Kino und warte ungeduldig auf einen Filmwechsel, der leider nur alle paar Wochen stattfindet. Irgendwann gibt es sogar das amerikanische Schneewittchen als Disneyfilm. Und Cinderella, das amerikanische Aschenputtel. Der Eintritt kostet 50 Pfennige. Und man ist danach wie verzaubert!

Ich darf nicht vergessen, die Märkte zu erwähnen, den kleinen Zipollenmarkt im Herbst mit dem kleinen Kinderkarussell und den großen Jahrmarkt zu Johanni, der sich um das Schützenzelt rankt. Und das Schützenfest selber.

Ich gehe jedes Jahr über den Marktplatz und inhaliere die aufregenden Marktgerüche: den Vanillegeruch der Waffeln, den süßen Duft gebrannter Mandeln. Meistens mache ich einen Bogen um die Autoskooter, denn jedes Jahr kommt dann unweigerlich für kurze Zeit das alte Trauma wieder hoch:

Einige Zeit nach meines Vaters Tod sieht mich mein Onkel Fritz dort auf dem Jahrmarkt stehen, ruft mich und holt mich rüber zu sich in seinen Autoskooter, um mir was richtig Gutes zu tun. Nicht gerade mit einer leichten Hand für Kinder ausgestattet, erklärt er mir gar nichts. Ich soll mich bloß festhalten, jetzt würde was Gewaltiges passieren.

Und so kommt es auch. Wir fahren zwei Runden im Rondell herum, mein Gesicht ist auf gleicher Höhe des Metallbügels, gleich dahinter. Friedrich kutschiert großartig und weltmännisch herum, bekommt bewundernde Zurufe, nickt und winkt in die Runde. Da plötzlich rammt uns jemand von hinten, unser Skooter macht einen Satz, und dann habe ich auf einmal ein ganz und gar fremdes, taubes Gefühl im Gesicht und bin verwirrt und weiß nicht, wie mir geschieht. Ich kann nur noch schauen, meine vorderen Milchzähne ausspucken und das salzige Blut schmecken, das an meinen Lippen klebt. Onkel Fritz hebt mich raus, ein bisschen verlegen, ein bisschen schuldbewusst, klopft mich ab, drückt mir ein Markstück in die Hand und schickt mich schnell zu meiner Mutter, die von meinem Anblick nicht gerade begeistert ist. Ich kaufe mir dann noch Unmengen von Waffelbruch und Wundertüten, die ich als Trost mit nach Hause nehme.

Wenn am Sonntagmorgen zu Johanni die ersten Paukenschläge und Musikfetzen an mein Ohr dringen, laufe ich mit zur Musik. Viele Kinder tun das gleiche und gehen hinter den Schützenzügen her, im Gleichschritt.

Ich kann gar nicht anders, das gewaltige Uumtata Umtata reißt einen mit zu den Klängen von Preußens Gloria und dem Hohenfriedberger. Andere Kinder zeigen mir, wie man doppelhoppsen muss, um schnell wieder in den Gleichschritt zu kommen, wenn man beim Marschieren versehentlich das falsche Bein vorgestellt hat. Die Kinder bilden den hinteren Rest der Schlange.

Die uniformierten Männer, im Gleichschritt, grüngewandet, Gewehre geschultert, die Gesichter schon leicht von der Sonne und den ersten Bieren gerötet, marschieren mit stolzgeschwellter Brust durch den Ort und heben ihre Hände, um bekannten Damen oder geheimen Freundinnen in der Menge der Bewunderer an den Straßenrändern einen Gruß hinüber zu werfen.

Später am Tag, nach der Ankunft des Zuges im Anger, interessiert mich nur noch der Jahrmarkt selber mit seinen bescheidenen Attraktionen – einer Schiffschaukel, den besagten Autoskootern, einem Kettenkarussell, einer wackeligen kleinen Geisterbahn, zwei Eisbuden, einem Billigen Jakob, Losverkäufern, Zuckerwattenständen, Waffelverkauf an Vitrinen auf Rädern, winzige Stände mit gebrannten Mandeln und Nappos. Und dann, an den Rändern des Marktes noch Schnürbänder oder Postkarten verkaufende einbeinige oder einarmige Kriegsversehrte mit ihren hölzernen Bauchläden.

Am Spätnachmittag mag ich nicht mehr bleiben. Die torkelnden Betrunkenen kommen aus dem großen Zelt und ihre Unberechenbarkeit macht mir Angst, das Grölen, das Geräusch zerschlagener Gläser. Ich mache mich wieder auf den Heimweg mit zuckerwatteverkrusteten Lippen, durstig und ein wenig müde von all dem Trubel.

Überall werden schöne, alte Hecken gerodet. Was bedeutet das? Warum ist so viel los auf dem Land, in der Landwirtschaft? Überall redet man von „Flurbereinigung" und ich weiß nicht, was das bedeutet, außer, dass es was mit Feldern, Flussläufen und Veränderungen zu tun hat und was Kompliziertes ist. Es ist manchmal draußen lauter als früher, man hört hin und wieder sogar Treckergeräusche. Und auch in den Wäldern tut sich was. Noch aber stehen die geliebten Kaltblüter, die schweren Belgier mit den treuen Augen und den Puscheln um die Hufen im Stall.

Die Kaltblüter! Der Inbegriff von Treue, Zuverlässigkeit, Verlässlichkeit und Redlichkeit ohne Aufmucken. Ich habe hohen Respekt vor ihren breiten Pferdehufen, ihren kolossalen Beinen, ihren breiten Rücken und schwerem Schritt. Wenn meine Mutter mich ins Bett geschickt hat und noch mit der Familie vorne im Haus zusammen sitzt, bin ich ganz allein in der Schlafkammer. Der Tag ist noch nicht fort; der Ith schimmert dunkelgraublau dort hinten, wo ich zwischen dem Kornbodendach und Scheune hindurch blicke. Und von den Ställen unter unseren Kammern kann ich all die abendlichen Geräusche hören. Das tinkelige Klirren der Ketten unten im Stall, leises Muhen, das Schnaufen von Hans und Lotte den steinernen Futtertrog entlang, das Rascheln von Stroh, das leise Grunzen zufriedener Schweine weiter hinten. Manchmal sehe ich auch Ratten; einmal tanzen sogar zwei zusammen, sich auf Hinterläufen drehend, mit sich berührenden Vorderpfoten auf der Dachschräge des Speichers.

Eigentlich soll ich im Bett liegen, aber kaum denke ich an die Tiere unten, zuckt es in meinen Füßen.

Leise, im Nachthemd und ohne Hausschuhe, schleiche ich über die Dielen des Vorplatzes und schiebe den Riegel der Heubodentür zurück. Bis dorthin sind es nur wenige Schritte. Vorsichtig tappte ich um die schmale Heubodentreppe herum zur Futterluke. Graue Heusträhnen hängen an der Treppe und unter den Balken. Im Dämmerlicht kann ich ganz deutlich den dicken rostigen Haken gleich in der Wand unter der Luke erkennen, daran hängen dicke Wagenketten.

Ich setze meinen kleinen bloßen Fuß auf den rostigen Haken, halte mich an den Seiten der Luke fest, hangelte mich dann mit der Hand zum Fuß, und lasse mich dann ein kleines Stückchen weiter hinunter gleiten, bis meine Zehenspitzen den Deckel der Haferkiste berühren. Ich muss mich nur umdrehen, um in die unendlich sanften braunen Augen von Hans oder Lotte zu schauen, die ahnen, was ihnen bevorsteht.

Ich weiß, wo der Scheffel liegt; schwer ist er in meinen Händen. Ich öffne den Deckel der Haferkiste und fülle so viel goldene Körner in meinen Scheffel, wie meine Kinderarme tragen können, drehe mich dann um und füllte die Körner in den steinernen Trog. Das wiederhole ich ein paar Mal. Ich liebe es, die Tiere fressen zu sehen und sie zu füttern, zu tränken, manchmal sogar zu bürsten. Das gibt immer wieder Ärger mit Tante Auguste, die am andern Morgen herausfindet, was ich gemacht habe.

Ich küsse die schweren Belgier, Hans und Lotte gern neben das Maul, dahin, wo es so wunderweich ist und so gut und leicht streng riecht. Manchmal ziehen die Pferde an meinem Zopf oder blasen mir über die Stirn, was mich zum Kichern bringt. Ich bin ohne jede Furcht vor großen und kleinen Lebewesen, nur bei Küken – ausgerechnet bei diesen kleinen unschuldigen gelben Wesen! – habe ich ein leichtes Unbehagen.

Ein paar Mal schlafe ich als Kind unter den Pferden ein, die stehen bleiben wie zwei Lämmer. Später als Kind, als ich „Breit' aus die Flügel beide" singe und dann folgt „...dies Kind soll unverletzet sein", da fallen mir die Pferde ein. In der heutigen Zeit, mit sicherheitsgeprüftem Spielgerät, sträuben sich wahrscheinlich sämtlichen Eltern und Erziehern die Nackenhaare bei der Vorstellung des kleinen Kindes zwischen den Beinen der riesigen Tiere. Aber ich erfahre keine oder nur wenig Korrektur. Die Erwachsenen haben nun mal keine Zeit oder sind gelassener oder sehen einfach nicht häufig, was man tut.

Nun also sind die Pferde versorgt, meine Tante merkt's ja nicht immer. Langsam wird es dunkler im Stall. Dann zelebriere ich noch meine blaue Stunde mit ein paar Schweinen, lege meine Kinderfinger in ihre Nasenlöcher, wische meine besabberten Hände noch am Stroh ab, dann klettere ich noch ein paar Meter weiter auf einen Riesenberg Grünfutter oder Heu – je nach Jahreszeit – und springe dann mit meinem fliegendem weißgeblümten Nachthemd hinunter in die Kuhkrippe, wo ich zumeist weich bei Blume, Meta, Hanna, Christa, Hertha, Lina, Bertha und Rosel lande. Die Kühe kennen mich und sind immer sehr freundlich, wie sanft blickende Damen. Sie käuen wider und ihre Augen sind schwarz, dunkler als die der Pferde. In der Dämmerung geradezu abgrundtief sanft und dunkel.

Sie riechen anders, ein bisschen milchig, ein bisschen schleimig, aber auf andere Weise auch sehr gut. Ich mag auch ihre feuchte, breite Nase und die riesige, raue Zunge, lasse meine Kinderarme in voller Länge im Kuhmaul verschwinden und lache mich tot wegen der rauen Kitzelei. Meine Arme sind nun bis zur Schulter nass und klebrig. Manchmal nehmen sie sich auch meine Füße vor, was kaum auszuhalten ist!

Irgendwann höre ich dann oben ein Geräusch, eine Tür irgendwo, vorne im Haus. Ich springe leichtfüßig auf, wie nur Kinder es können, mache einen Satz auf die Hafertruhe, hangele mich an Ketten und Haken hinauf durch die Luke, ziehe die Heubodentür hinter mir zu und bin mit drei Sätzen im Schlafzimmer und mit einem Hopps unter dem riesigen Gänsefederbett.

Wenige Momente später taucht meine gähnende Mutter im Schlafzimmer auf, geht kurz um das Bett herum, betrachtet für eine Sekunde meinen Haarschopf und rutscht dann unter das Federbett im Ehebett neben mir. Sie meckert manchmal über Halme zwischen meinen Zehen und über die Leinenlaken, die so schnell schmutzig werden. Aber meine Mutter hat im Laden viel zu viel Arbeit und abends keine Ausdauer mehr, mich zu belehren oder kräftig zu schimpfen. Am andern Tag ist ohnehin alles verpufft …

POSTAUTO UND HASENBROT

In den Pfingst- und Herbstferien setzt mich meine Mutter ins Postauto und verabschiedet mich. Wenn ich Glück habe, sitzt vorn noch keiner und ich darf neben dem Fahrer sitzen. Ich bin mal wieder abgeordnet, unsere Verwandten im Vogler zu besuchen und dort ein wenig zur Hand zu gehen. Außerdem bin ich dann mal ein paar Tage aus dem Weg.

Jetzt kenne ich schon einige Dorfkinder dort, die aber schon hart ranmüssen auf ihren Höfen und die nicht allzu viel Zeit für mich haben. Sie winken, wenn ihr Gespann am Haus meiner Verwandten vorbeikommt. Es gibt auch ein nettes jüngeres Mädchen dort, mit dem ich gern am Bach sitze, Füße im Wasser, zwischen der kühlen Wasserkresse. Wir erzählen gern über unseren Alltag und unsere Familien. Und sie hat einen Bruder, den ich prima finde.

In den Fünfzigern fährt das gelbe Postauto unverdrossen, Sommer und Winter, seine Route über die Dörfer. Eine 10-Kilometer-Fahrt dauert mindestens anderthalb Stunden und es hält in allen Dörfern auf der Strecke an. Und das ganz ausführlich!

Das Auto kurvt nun um Gasthöfe, Misthaufen und Riesenpfützen auf aufgeweichten Lehmstraßen herum. Irgendwann ist die dortige Poststelle erreicht. Leute kommen aus den kleinen Postbüros der Dörfer und bekommen vom Fahrer die Post für ihren jeweiligen Ort. Sie wiederum übergeben dann dem Fahrer Briefe und kleine Päckchen zur Mitnahme in schmalen Postsäcken.

Hinten auf den gelben Postautos gibt es einen aufmontierten Kasten und eine Ausbuchtung, die einen oder zwei Koffer aufnehmen kann sowie einen Ersatzreifen. Das Auto ist ganz deutlich die Nachfahrin der alten Postkutsche und eine Fahrt im Postauto hat auch etwas ganz Gesittetes, Schweigsames und Förmliches.

Außer dem Fahrer, der ganz konzentriert fährt und kaum mit den Mitfahrenden spricht, gibt es noch Platz für 4-5 weitere Passagiere. Vorn in der Mitte lässt sich auch noch ein schmaler Notsitz einrichten, wenn es mal ganz voll wird. Und dann geht es langsam dahin über Dörfer und Dörfer. Eine abenteuerliche, schaukelige Reise in wunderschönen Kurven langsam hinauf ins Bergvergnügen des Voglers.

Breitenkamp. Ein Dorf wie aus dem Bilderbuch, verschlafen, vergessen, zeitversetzt. Im Sommer zur Mittagszeit wie betäubt, Geräusche nur von Bach und Hummeln, schweigende Kühe, dösendes Vieh. Im Dorf oberhalb der Gastwirtschaft ein kleines achtklässiges Schulhaus mit Glockentürmchen.

Der sehr lebendige und recht laute Bach ist Begleiter jeglichen Dorfgeschehens, die Ostseite der steilen Dorfstraße hinunter fließend. Große Sandsteinplatten über dem moosigen, mit Vergissmeinnicht gesprenkelten, kresse- und wasserminzebewachsenen üppig-frischen Bachbett dienen als kleine Brücken zu den dahinter liegenden Häusern. Das Dorf fühlt sich ganz anders an als unsere Kleinstadt. Die Zeit vermittelt hier ein anderes Gefühl, ein langsames, sogar verträumtes, wenn nicht gerade ein kleiner Trecker die Dorfstraße herunter tuckert. Ein anderes Jahrhundert? Vielleicht so wie vor hundert Jahren? ... Die alten Frauen tragen fast alle schwarz oder dunkelblau, die jungen Frauen Kittel oder Kittelschürzen.

Es passiert nicht viel. Ich schaue zu, wie die Jungen dort schon Trecker fahren können, braungebrannt und mit bloßer Brust. Ich sehe den Rehen zu, die in der Dämmerung zum Äsen aus dem Wald heraustreten. In der

Scheune lebt eine große Katzensippe, die dort abendlich ihre Milch bekommt und nächtlich maust. Es gibt dort einen Wolfshund, Rex, der so riesig ist, dass wir beiden fast in Augenhöhe sind. Er springt über die höchsten Zäune; man kann ihn nicht bändigen. Er ist schön und gehorcht absolut nicht. Er wildert, bringt Rehe zurück im Maul, über den Zaun. Er wird nach einigen Androhungen irgendwann vom Jäger erschossen.

Auf dem Hof gibt es auch Hühner, schwarz-silberne Wyandotten, weiße Leghorn, goldbraune Italiener und einen großen Leghornhahn. Onkel Rudolph und der Hahn haben eine innige Beziehung miteinander. Wenn Rudolph mal auf seiner Bank am Gartenzaun sitzt, kommt der Hahn und fliegt auf seine Knie. Dann muss Rudolph ihn liebkosen und streicheln und ein wenig kitzeln. Der Hahn kann gar nicht genug davon bekommen. Nach mir hackt er.

Irgendwann war ich lange genug weg. Meine Mutter hat im Gasthof, wo es Telefon gibt und sie die Besitzerin kennt, eine Nachricht hinterlassen, dass ich wieder nach Hause kommen soll. Und so sitze ich irgendwann wieder auf dem Heimweg im alten Postauto, ein wenig eingeklemmt nun zwischen den ausladenden Hüften der alten Landfrauen, die sich für den Besuch bei den Verwandten in der Kleinstadt feingemacht haben mit ihren kleinen schwarzen Kapotthütchen und Resten von Schleierstücken an der schmalen Krempe, mit schwarz-weiß-kleingeblümten Kleidern, die dicken, braunen Schweinslederhandtaschen mit breiten Riemen fest umklammernd, zwischen älteren, schweigsamen Bauern mit derbem Schuhwerk.

Kräftiger Apfelduft steigt aus dem Korb auf den Knien des Bauers neben mir. In meiner Erinnerung inhaliere ich die Gerüche aus den Kleidern und Körpern von Menschen, denen Deodorants noch fremd sind, meine Nase nimmt den leichten Schweißgeruch auf, ein bisschen Kornkammerduft und ein bisschen Milchkanne, ein Hauch von Schweinestall, Kernseife... Hinten auf dem Auto schwankt eine festgebundene Kiepe mit Gemüse in den Kurven hin und her.

Als der Fahrer endlich in unserem Ort hält, sind es nur wenige Minuten bis zu unserem Ackerbürgerhaus und dem wieder ein wenig schnelleren Leben.

Zurück zum Postauto: Während der endlosen Momente einer Postautofahrt sind die mitgenommenen dicken Schinkenbrote, die man von Breitenkamp nach Eschershausen als Proviant mitnimmt, schon leicht ausgetrocknet und wellen sich. Um uns als Kindern solche Brote überhaupt noch attraktiv zu machen, werden sie uns von den Erwachsenen als etwas Besonderes, als „Hasenbrot" überreicht.

So sagt meine Mutter dann nach Ankunft des Onkels mit dem Postauto zum Beispiel: „Oh, Onkel Rudolph, der hat dir was Schönes mitgebracht! Stell' dir vor: ein Haaaaasenbrot ! Das wird mir dann in zerknittertem Pergamentpapier feierlich überreicht. Ich muss schon sagen, ich kann die Begeisterung nicht so recht teilen. Ich nehme mir heimlich den Anteil magerer Schinkenwürfel vom Brot herunter und esse ihn auf. Und dann gebe ich die gewölbte, schuhsohlenartige Brotscheibe genau so heimlich den Hühnern oder lege sie den Schweinen in den Trog, dann ist wenigstens alles schnell weg.

Ich frage auch jedes Mal nach, wie es kommt, dass der Onkel das vom Hasen bekommen hat. Und Rudolph sagt jedes Mal, das sei eben so: wenn man plötzlich einen Hasen sieht, muss man hinter ihm herjagen und natürlich muss man dann in seiner Tasche immer Pfeffer und Salz mit sich führen. Dann muss man so schnell sein, dass man ganz nah an ihn herankommen kann und muss ihm dann ruck-zuck Pfeffer und Salz auf den Schwanz streuen.

In diesem Moment ist der Hase gezwungen, stehen zu bleiben. Und dann kann man ihm das Brot herausfordern. Dazu ist der Hase dann verpflichtet.

Als Kind habe ich dann aber häufig gedankliche Probleme mit diesem Hasenbrot. Es setzt in meinem Kopf eine Menge Fragen frei, auf die ich nie von irgendjemandem eine gescheite Antwort bekomme, zum Beispiel, sinngemäß:

Frage 1:
Warum ein solcher Aufwand für einen gewellten Doppeldecker?

Frage 2:
Warum ist da immer nur Schinken drauf und nie Käse?

Frage 3:
Warum haben andere Tiere niemals Hasenbrot bei sich?

Frage 4:
Warum muss ausgerechnet ein Hase so was erledigen?

Frage 5:
Warum schafft eigentlich meistens nur Onkel Rudolf diesen Akt?

Frage 6:
Wie kommt es, dass Tante Anna auch Hasenbrote mitbringt, obwohl sie gar nicht gut laufen kann?

Mit diesen Fragen bringe ich dann in Kürze Erwachsene zum Verzweifeln und bin wohl sehr erfolgreich damit, denn ich bekomme mit der Zeit immer weniger Hasenbrote mitgebracht.

Mein Großvater Gustav mit Welfengesinnung kommt ursprünglich aus Hessisch-Oldendorf, ist also durch Geburt Schaumburg-Lipper. Später geht seine Familie nach Hannover. Als Kind aber hat er immer in an der Weser gespielt. Er benutzt – wie auch recht viele Leute anderswo im Weserbergand noch für viele Dinge des Alltags französische Ausdrücke und er benutzt auch einige jiddische Begriffe, denn in seinem Geburtsort leben damals, vor meiner Zeit, noch viele Vieh- und Handelsjuden; zu seiner Zeit ist das noch Alltag und Normalität....

Sein Vokabular beinhaltet also sowohl Wörter wie Mischpoke und schofel und Tinnef als auch zahlreiche französische: zum Bürgersteig sagt er immer Trottoir. Er erzählt, wie sich alte Damen echauffieren. Am Bahnhof steht man auf dem Perron, bevor man ins Coupé steigt, aber erst, nachdem man vorher sein Billet gekauft hat.

Im Weserbergland sitzt man auf dem Chaiselongue oder Kanapee, man isst Bouillon und zur Konfirmation gibt es Ragout von Rinderzunge mit Sausißchen. Zur Beerdigung trägt man manchmal seinen Chapeau claque. Die Reichen und Oberen des Ortes zählen zur Hautevolée. Manchmal fühlt man sich regelrecht malade. Zum Geschirr gehört selbstverständlich auch eine Saucière. Und Bäume säumen die Chaussee. Auf den Betten liegt ein großes Plumeau.

Gustav sagt, ich soll keine Fisematenten machen. Sonst gibt es noch ein Malheur. Nun müsse mal Schluss sein mit dem ganzen Brimborium. Und man solle aber auch wiederum nicht so etepetete sein. Und wir sollen immer auf dem Kiewief sein.

Aber wir sind außerdem sprachlich auch welfisch eingefärbt. Das Königreich Hannover/England hat seine Spuren hinterlassen. Ganz stark aber unser ostfälisch-plattdeutsches, bäuerliches Umfeld.

Man geht über den Deister. Kinder sind Panzen. Man muss endlich lernen, seinen Möck [vermutlich engl. = „muck"] wegzumachen. Man sssssstolpert über'n sspitzen Ssstein. Wenn man trödelt, ist man stokelig. Wenn man Kopfschmerzen hat, nennt man die manchmal sehr derbe: Brägenschülpen. Wenn eine Frau viel Zeit mit Klönen verbringt, dann ist sie ein Kakelaas. Wir machen die Dinge nicht schnell, sondern suutje piano.

Junge Ziegen sind Hippel, alte heißen Tejen. Bachstelzen sind Wippsteerts, junge Gänse Gössel, ein Hund ist ein Tiebe oder Tebe(n). Leute mit einer kleinen Landwirtschaft nebenbei sind Muttchenbauern. Wir brauchen für unsere Bohnenbeete Fitzebohnenbraken, raken die Asche aus den Öfen, krüllen Erbsen aus. Wenn etwas danebengegangen ist, sagt mein Gustav „fleutjepiepen" und wenn meine Großmutter sagt: „Ach, Du leiwet Lütje", dann ist sie sehr verwundert. „Täuw' man", sagt meine Großmutter, wenn sie meint: „Na, wart' mal ab ...!"

Heidelbeeren sind Bickbeeren. Wir tragen eine Last nicht, wir bören sie. Zwiebeln sind Zipollen. Ein Angsthase ist eine Bangeböxe. Und ein Miesmacher, ein kleingeistiger Muffel und mäkeliger Pedant ist ein Gnittentost. Und jemand, der mit viel Geräusch auf dem Hof Krach macht und herumlärmt, ist ein alter Ruuschenplaster.

Muss man mal den stillen Ort besuchen, dann geht man auf Tante Meier.

Nach langem Schneetreiben und vielen kniehohen Metern Schnee wird alles anders und neu und riecht nach Aufbruch. In der Senke ist alles eine Komposition aus Brauntönen – umbra, rötlich, beige, rehbraun, fahlgraubraun – so kommen sie unter dem Schnee hervor, die müden, matten Reste des Winters. Über den Höhenzügen, über den Spitzen des Waldes ein Ahnen mehr als ein Sehen, ein Hauch, ein Häuchlein von Grün, ein kleiner Seufzer von Grün.

Ende März aber ist schon einiges im Gange. Die riesige Wiese die Senke hinunter, die meistens sich selbst oder mausenden Katzen überlassen ist, erstaunt uns mit ihrem ersten Angebot: Sauerampfer *), wundervolle Rosetten des Löwenzahns **), Silberblatt, Spitzwegerich, Gänseblümchen, die allerersten zarten kleinen Brennnesseln. Und unten am Bach steht schon alles, was feuchte und saftige Standorte liebt: die Wasserminze mit ihrem Duft und die mildpfeffrige Kresse. Und alles für den, der es haben will, völlig kostenlos. Und mühelos. .....

Die Weidenkätzchen, überall da am Wasser, sind in Bewegung. Aber der Wind weht noch kalt. Hinten am Berg kreisen die Raubvögel. Die ersten Vogelstimmen lassen sich hören. Die Bäche sind wasserreich und auch sie sind in lebendiger Bewegung, denn vom Berg kommen mit der Schneeschmelze richtige Mengen herunter.

Labkraut sehe ich. Später werden seine hakigen anhaftenden Früchte, die Kletten, überall an meiner Kleidung und in den Haaren festkleben.

Und jetzt, hier, mitten dazwischen, am Hang: lauter kleine Geschenke für Kinder und verspielte Erwachsene,

*) Der leckere **Sauerampfer** wird gepflückt und in einem großen Sieb gewaschen und geschüttelt. Die Stängel abzupfen und fein mit Zwiebel in Butter angedünstet, ca. 6 große Hände voll für 5 Personen. Dann mit Gemüsebrühe aufgießen, würzen und nach 20 Minuten Kochen alles fein pürieren. Mit etwas Sahne und einem Eigelb wird nachgeholfen, dann mit Pfeffer, Salz, einer Prise Zucker und einem zusätzlichen, ganz kleinen Schuss Balsamessig veredelt. Später nur gut erhitzen und nicht mehr kochen. Dazu evtl. Vollkorntoast mit Käse serviert. Das ist ganz einfach und trotzdem richtig fein...

) Der junge **Löwenzahn, vielleicht auch ein paar Blätter Scharbockskraut und Gänseblümchenköpfchen sowie die ersten winzigen Brennnesselspitzen werden gewaschen und trockengetupft und kommen zusammen mit Frühlingszwiebeln und Tomatenstückchen in eine Salatschüssel. Kleingeschnittene Scheiben von altbackenem Brot werden in der Pfanne in Butter angeröstet und gesalzen, evtl. zusammen mit etwas Knoblauch. Wenn sie abgekühlt sind, gehen sie mit in den Salat. Eine schöne Marinade aus edlem Essig und Öl, Salz, Pfeffer, etwas Honig herstellen, darüber geben und unterheben.

– die ausgetrockneten Häuser der Weinberg-Schnecken, viele, so perfekt in ihrer Form: die Muscheln der Binnenländer.

Eine einfache Bank steht am unteren Ende des schmalen Pfades, der zum Berg hoch führt. Nur Tiere scheinen ihn zu benutzen. Er ist richtig zugewachsen mit kleinwüchsigen verwilderten Zwetschgenbäumen und Sträuchern und Giganten von rotem Hartriegel ziehen sich den Pfad entlang hoch, dazwischen eine einzelne Birke. Unten am Anfang des Pfades stehen die Weiden mit ihren schönen Kätzchen. Unmengen von Hummeln sitzen darauf. Wildschweinspuren führen hinunter zum Bach.

Eine Woche vor Ostern hole ich ein paar Hartriegelzweige. Diese wunderschönen Zweige werden dann zu Haus in eine alte, graue Steinkruke gestellt und mit Ostereiern behängt. Gerade früh genug zu Ostern öffnen sich die Knospen. Der Kontrast des roten Holzes mit den sehr intensiv gelbgrünen Blättern war ist besonders reizvoll und genau das Richtige für Ostern.

Und oben auf dem Berg werden die Bärlauchzeiten gefeiert. Und die Lerchensporzeit: zarte Wölkchen, locker, in cremeweiß und zartlila, fluffig. Wogend, empfindlich, mit kurzer Blütezeit. Zwischen den Buchen. Dort auch Buschwindröschen ohne Ende. Dann die Waldmeisterzeit. Dann später Veilchen und Schlüsselblumen.

Nun aber tut sich bald was; es kommen mehr und mehr Frühlingskräuter dazu, jeden Tag verändert sich etwas. Jeden Tag zeigt der Blick auf die Berge eine neue Sicht, eine zusätzliche Farbnuance.

Solange es aber noch kühl ist, macht sich der Bärlauch bemerkbar. Er schießt einfach so hervor und hier oben folgen einem seine intensiven Düfte auf Schritt und Tritt. Fußballfeld große Areale sind von ihm bedeckt.

Die Bärlauchernte***) ist die einfachste Ernte von allen und noch dazu extrem ergiebig. Die langen, grünen

Bärlauchlanzen sind nicht zu übersehen. Üppig sind sie, saftig, prächtig aufgeschossen und einladend. Richtige Plantagen gibt es hier; man muss sich nur bücken und ist in Nullkommanichts fertig. Unser Freund Ralf sagt, früher hätten sich die Bären hier nach dem Winterschlaf geradezu auf diese durchdringend duftenden Pflanzen gestürzt und sich dann damit vollgestopft, um Parasiten und Würmer loszuwerden. Woher er das wohl weiß?

Ich mache dort oben oft Zeitreisen, sitze dann ganz still am Waldrand und träume. Vor meinen Augen verwandelt sich dann manchmal die Landschaft; sie wird dichter, schwerer, noch stiller. Dann tauchen all diese menschlichen und tierischen Gestalten auf, die Jagenden, die Sammelnden, auch die lauchfressenden Bären sehe ich. So etwas geschieht ganz mühelos... Meine Phantasie und die Geschichten, die aufsauge, bescheren mir reichliche und üppige Tagträume, immer wieder.

Die Natur wird nun deutlich üppiger. Die Luft ist hell, klar und durchsichtig, jeder Baum ist schon von weitem erkennbar. Die ersten Rapsfelder fangen an zu leuchten. Das Birkengrün ist knallig und frech!

***) Für **Bärlauchpesto** benötigt man eine Menge Bärlauch; gutes Öl, Meersalz und Walnüsse. Gut, aber nicht ganz so edel wird es mit Mandeln und Sonnenblumenkernen. Stängel und evtl. Knospen abschneiden (die kann man in ein Schraubglas mit Öl geben und später für Bratkartoffeln oder Rührei verwenden). Man nimmt so viel Öl, dass sich alles problemlos zerkleinern lässt, gibt nach Geschmack Meersalz hinzu und zerkleiner in der Küchenmaschine oder mit dem Pürierstab , füllt dann alles in total saubere Schraubgläser. Vor dem Zuschrauben eine dünne Schicht gutes Öl über das Pesto geben) Kühl und dunkel aufbewahren.

Wofür Bärlauchpesto?

Einfach so, ohne Butter, aufs frische Brötchen oder auf die frische Scheibe Brot.

Ein bis zwei Esslöffel voll davon auf Ihre frisch gekochte Pasta, das Ganze geschwenkt: ein ganz schnelles und leckeres Essen!

Als Würzmittel ins Rührei, in die Salatsoße, in Kartoffel- und Pilzgerichte, in Gemüsepfannen. Überall da, wo man normalerweise Knoblauch benutzen würden, sich aber nicht trauten ... der Bärlauch tut Ihnen nichts, Sie hinterlassen keine bedeutende Knoblauchfahne.

Bei abendlichem Verwandtenbesuch am Samstag oder Sonntag vergessen die Erwachsenen manchmal meine Gegenwart unter dem Küchentisch, wo ich mit wohligem Schauern und mit gespitzten Ohren, die Hand im Hundefell, den Erzählungen lausche, die mit dem unsichtbaren Teil der Welt zu tun haben und mit den entsprechenden guten, rauen, starken, dunklen und hellen Mächten darin, die zu ganz unterschiedlichen Zeiten ihre Rolle zu spielen haben.

Vor allem meine bäuerlichen Verwandten sind ganz tief drin in den Ge- und Verboten der unsichtbaren Welt. Oft handeln ihre Geschichten von hilfreichen Kräften bei Krankheitsfällen, um Todesboten und um solche Kräfte, die man selbst in Anspruch nimmt in gewissen Notfällen. Das tradierte Kräuterwissen spielt dabei auch eine sehr große Rolle.

Dann gibt es da auch noch solche Mitmenschen, die, so sagt man, mit besonderen Gaben der dunklen oder hellen Art ausgestattet sind. Und die vielen Symbole und vor allem die vielen Pflanzen und ihre Entsprechungen.

„Ja", sagt Tante Auguste, „aus Dir ist Gottseidank was geworden, weil ich Dir gleich Dille und Dust [= Dill und Wasserdost/Oregano] unters Taufkissen getan habe". „Warum hast Du das denn getan?" frage ich. „Das weiß man doch", sagt sie: „Dille und Dust, - das haben die Hexen nicht gewusst." „Und natürlich haben wir Dir ein Messer unter's Taufkissen gelegt. Das hilft immer."

An unseren Stalltüren sind Hufeisen angebracht, natürlich mit der Öffnung nach oben, um das Gute zu bewahren. Solange man noch selbst Brot backt, wird immer ein Kreuz vor dem Backen in den Brotlaib geritzt.

Unter den Türschwellen der Ställe liegen alte Besen verborgen, „damit so die Hexen nicht über die Schwelle kommen können."

An Walpurgis vergessen wir nicht, sorgfältig Fenster und Vorhänge zu schließen, damit alles dicht ist, wenn dann nachts die wilde Jagd über unsere Häuser hinweg reitet. Osterwasser wird für die Schönheit geschöpft.

Wer unter Leichdorn oder Warzen leidet, soll sich unter die Brücke setzen, wenn der Leichenzug darüber geht und dreimal Wasser schöpfen und über die Warze gießen. Und dazu sprechen: „Im Namen des Vaters und des Sohnes und des Heiligen Geistes: Warze, ich bespreche Dich, gehe von mir...". Es geht aber auch mit Kreide, mit weißem Faden und mit dem Saft von Wolfsmilchgewächsen.

Beim Kuchenbackenlernen verbietet mir meine Großmutter, den Teig linksherum zu rühren. Ich müsse darauf achten, dieses nicht mehr zu tun. Ich darf auch niemals sagen: „der Kuchen wird bestimmt prima", denn dann fällt er in sich zusammen.

Blumen dürfen nur in ungeraden Zahlen verschenkt werden: 3, 5, 7, 9 Rosen zum Beispiel. Händebesehen gibt Streit. Unter Leitern läuft man nicht durch. Wenn man sein Hemd falsch herum angezogen hat, zieht man es nicht aus sondern lässt es linksrum an, damit man kein Unglück hat.

Man stellt auch keine Schuhe auf den Tisch. Das gibt Ärger. Und den Schornsteinfeger fasst man heimlich an, denn schließlich bringt das Glück.

Ich darf auch nicht pfeifen. Meine Großmutter tadelt mich dann und sagt: „Mädchen, die pfeifen und Hühnern, die krähen, denen wird man beizeiten den Kopf abdrehen". – Da es mich nicht sehr schreckt, pfeife ich trotzdem, draußen. Da klingt es ohnehin besser. Zum Beispiel hallt es so schön in der großen Diele...

Schaue ich ein wenig zu lange in den Spiegel, heißt es: „Hochmut kommt vor den Fall".

Außerdem verbietet sie mir, Fratzen zu schneiden und Gesichter zu ziehen. Mit der Androhung, wenn ich so weiter machte, könnte eines Tages mein Gesicht mal so „stehen bleiben", das hätte ich dann davon.....

Es ist so üblich, dass hin und wieder Besuch kommt und die Männer dann häufig mit den anderen Männern in die Ställe gehen, um das Vieh anzuschauen. Es ist aber so üblich, vorher immer erst ins Haus zu gehen und ein bisschen zu reden. Und nicht gleich in den Stall. Einen gibt es aber, der geht immer gleich außen ums Haus herum in den Stall und bleibt auch ein Weilchen dort, allein. Ich erlebe Tante Auguste sehr aufgeregt, denn sie versucht dann, diesen „Besuch" schnell wieder aus dem Stall heraus zu schleusen.

Vor mir wird es nicht laut gesagt, aber in solchen Momenten, in denen meine weit geöffneten Ohren dort unter dem Küchentisch vergessen sind, erfahre ich denn doch: „Fritze Soundso hat den bösen Blick. Jedes Mal, wenn er in den Stall geht, wird eins von den Tieren krank, JEDES MAL." Dann lockt man denjenigen mit allen Tricks, nur schnell wieder aus dem Stall heraus zu kommen. Zu einem Stück Kuchen oder einem Becher Kaffee. Nur eben: raus aus dem Stall!!

Mir scheint die Liste der Vorsichtsmaßnahmen, Verbote und leichten Drohungen zu lang. Mein kaufmännischer, liberaler Welfengroßvater hält nichts von all dem abergläubischen Gerede. Viel später, da ist er schon hochbetagt, gesteht er mir aber doch, er habe im ersten Weltkrieg immer einen „Haus- und Schutzbrief" bei sich getragen. Und das hätte die Kugeln abgewehrt.

Wenn man ein Heilmittel verschenkt, das jemandes Leiden lindern soll, darf der Empfänger sich nicht dafür bedanken, denn dann wirkt es nicht. Auch darf man keinem Menschen scharfe Dinge wie Messer schenken, und keiner Freundin Broschen. Wegen der spitzen Nadeln. Man muss, wenn man es doch tut, immer symbolisch um einen Pfennig oder Groschen bitten, der einen Scheinkauf versinnbildlicht.

Überall gibt es im ländlichen Umfeld Leute, die Hand auflegen können, Warzen besprechen und pendeln. Meine Mutter erzählt, wenn der Liebste oder Verlobte oder Ehemann im Krieg vermisst war oder man lange nichts von ihm gehört hatte, dann wurde ausgependelt, wo und in welchem Zustand er sich befand.

Wir achten auch besonders auf die Raunächte, also auf die Zeit, in der Geistkräfte aller Art der Erde am nächsten sind. Wahrscheinlich sowohl die guten wie auch die bösen. Und weil die bösen ganz schnell Hader verursachen können, versucht man dann besonders, Streit zu vermeiden und Stille zu bewahren, weil man schließlich an diesen Tagen gefährdeter ist als sonst ...

Der Krieg ist nun schon einige Jahre vorbei, aber der große Schock sitzt immer noch in den Seelen der Menschen und die Geschichten, die die Männer erzählen, die aus Russland zurückgekommen sind, erzeugen Grauen und Furcht.

In der Buchhandlung meiner Mutter buchstabiere ich aus Überschriften in der Revue: „Ich sehe keinen Krieg für Deutschland." Das kann ich lesen und frage meine Mutter, ob wir wirklich niemals wieder Krieg bekommen werden. Aber sie zuckt die Achseln und sagt nur: „Wir müssen ALLES dafür tun, das das nicht wieder passiert." Sie garantiert aber für nichts, das merke ich. So läuft eine leichte Angst irgendwo ständig mit, ein Unwohlsein, eine verborgene Drohung. Und ich höre den Kriegsgeschichten immer aufmerksamer zu, will alles wissen. Warum? Was ist passiert? Wie? Aber es ist ja sehr kompliziert für ein Kind und ich bete jeden Abend, dass kein Krieg mehr kommt.

Zu den Kriegsgeschichten kommen nun, mehr und mehr, die Geschichten von Flucht und Vertreibung dazu, denn zu den Kunden meiner Mutter gehören viele Schlesier und Ostpreußen. Meine Mutter nimmt sich, wenn sie kann, viel Zeit zum Zuhören während der Einkäufe der Kunden. Unser Laden ist häufig Anlaufstelle für den Austausch von Berichten und Geschichten. Ein wenig oberhalb des kleinen Ofens befindet sich zwischen zwei Deckenbalken eine kleine ausgeschnittene Klappe, die oben in unserer Stube geöffnet werden kann. Wenn keiner im Laden ist, reicht meine Großmutter manchmal etwas hindurch für Mutter und Großvater unten: eine Thermoskanne, irgendetwas Eingewickeltes, einen Zettel.

Oder wir rufen kurz was runter, zum Beispiel, wenn irgendwas mit hoch gebracht werden muss oder ähnliches.

Als Kind liebe ich es, neben der geöffneten Klappe auf dem Teppich zu liegen und zuzuhören, was da unten gesprochen wird. Ich erfahre auf diese Weise Unglaubliches, Unverständliches, Schicksalhaftes. Aber auch kleine heitere Episoden. Unsere schlesische Kundschaft erzählt so gern aus der Heimat. Meine Mutter hört immer gut zu, fragt, zeigt echtes Mitgefühl. Irgendwann weiß ich durch meinen Horchposten schon viel aus dem Kreis Hirschberg, über das Riesengebirge und die besonderen Würste zu Weihnachten. In unserem kleinen Ort sind die Flüchtlinge erstaunlich schnell integriert. Viele helfen auch ein wenig mit in der Landwirtschaft oder arbeiten im Handwerk mit.

Die Ostpreußen gefallen mir auch gut, sie erzählen auch gern, mit viel Tiefgang und Ernsthaftigkeit. Sie sind auch in der Landwirtschaft gut zu Haus und fassen erstaunlich schnell Fuß.

So gehe ich immer wieder an meinen Horchposten. Manchmal „prickt mich der Hafer", dann lasse ich plötzlich einen Arm nach unten baumeln und hoffe, dass da unten im Laden irgendwer ist, der nach oben blickt und einen Arm an der Decke sieht.

Ich bin damals vielleicht fünf Jahre alt. Da höre ich an einem sonnigen Tag plötzlich Singen auf der Straße. Unser Wohnzimmerfenster im ersten Stock ist weit geöffnet. Ich gehe und schaue hinunter. Eine Gruppe von Menschen geht langsam durch die Straße, feierlich. Voran ein Mann in weiß und rot, etwas Glänzendes tragend, einige Jungen in ebenfalls rot-weißen Gewändern, etwas schwenkend, Gefäße, kommen an unserem Haus vorbei. Ich kann das nicht einordnen. Etwas vorher nie Gesehenes, erst einmal Fremdartiges tut sich auf. Ich rufe ungeachtet eines Tadels durch die Klappe: „Mama, was ist das? Wer sind die Leute auf der Straße? Was machen die?"

Meine Mutter ist wohl gerade mal allein im Laden und ruft hoch: „Heute ist Fronleichnam. Und das sind Katholiken. Die machen jetzt gerade eine Prozession. Mach' jetzt die Klappe zu!"

Ich finde das sehr unbefriedigend. Und wüsste gern mehr. Wenn ich zum Kindergottesdienst gehe, riecht die Kirche anders, duftet so. Meine Mutter sagt, das kommt vom Weihrauch. Und sie sagt, dass die Katholiken noch keine eigene Kirche haben und bis dahin unsere Kirche mitbenutzen.

Eines Tages riecht unsere Kirche nicht mehr nach Weihrauch und dann kann man irgendwann am anderen Ende des Ortes auch Glocken hören, die ganz anders klingen. Nun steht dort eine zweite Kirche.

Auch in der Schule bekommt man hin und wieder etwas von den Menschen aus den verlorenen Dörfern und Städten zu spüren. Als ich eingeschult werde, haben wir die ersten zwei Jahre einen jüngeren Lehrer aus Schlesien, Hirschberg, der kann wunderbare Geschichten erzählen. Ich denke, Hirschberg muss ganz was Besonderes sein, weil er so besonders ist. Selbstverständlich verliebe ich mich in ihn und seine Geschichten. Und ich darf seine Aktentasche tragen. Und seine Hand halten. Als er nach zwei Jahren die Schule verlässt, ändert sich für mich vieles. Meine Begeisterung ist verschwunden. Der jetzige Lehrer ist ein alter Mann. Er kann nicht schön erzählen und maßregelt uns unentwegt. Ein kleines, durchsichtig blasses, mageres Mädchen, das hin und wieder versonnen am Daumen lutscht, muss eine Schulstunde lang, tränenüberströmt, am Fenster stehen und ihren Daumen in die Erde des Blumentopfs stecken.

Die linke Hand ist etwas Schlechtes. Sollte einer darauf kommen, mit der linken Hand zu schreiben, wird er nach vorn zitiert und es gibt eins mit dem Lineal auf die Handfläche.

Den ersten Lehrer durfte ich immer alles fragen und er freute sich über meine Fragen. Als ich genau so unbefangen den zweiten, den Alten frage, gibt es Strafen für mein Verhalten, das „ungezogen ist". Ich werde dann immer wieder in die Ecke geschickt und muss dann dort die ganze Stunde lang stehen. Eine damals beliebte Strafe.

Dort in der Ecke hängt an einem Landkartenständer die Landkarte von Niedersachsen. Ich weiß nicht, wie viele Stunden ich vor dieser Karte – in der Ecke stehend - zubringe. Dort, wo ich gerade bin, befinden sich bei mir auf Augenhöhe Weser, Leine und Aller, das Große Moor, das Teufelsmoor, Bremen, Soltau, Hamburg und Celle. Und die Lüneburger Heide bis Hannover. Auf diese Weise lerne ich das nördliche Niedersachsen gründlich kennen. Mit allen kleinen eingezeichneten Symbolen. (Was sich später mal auszahlen wird).

Hinter mir läuft der Unterricht ab, nüchtern. Keine freundlichen Scherze mehr, keine Geschichten. Rohrstock auf dem Lehrertisch und ansonsten Totenstille in der Klasse. Beklommenheit ist dort, Angst vor Schelte. Der nette erste Lehrer fehlt zutiefst; ich weine ihm lange hinterher. Meine Mutter sagt, es sei Sünde, soviel zu weinen. Und ich müsse nun mal aufhören. Ich fühle mich sehr allein.

Wir müssen in der Schule erzählen, was unsere Väter für Berufe haben. Ich sage: „Meiner ist tot. Aber meine Mama hat eine Buchhandlung. Und wir haben einen Hof." Das ist schlecht, denn alle haben einen Vater. Alle ihre Mütter sind Hausfrauen. Meine nicht. Viele haben einen Onkel verloren im Krieg. Aber alle haben noch ihre Väter. Nur ich nicht. Einige Jungen sind grausam, laufen nach der Schule hinter mir her und rufen: „Die hat kein' Vaaater! Die hat nich' mal 'nen Vaater!" Ich finde alle dumm und verachte sie.

Unser erstes Lesebuch ist schlicht. „Willi und Dora. Oma im Sofa. Da ist ein Hase". Ganzwortmethode. Ich langweile mich. Meine Großmutter hat mir durch mein ständiges Drängen schon vor einem Jahr die Buchstaben beigebracht, weil ich endlich die „Mickymaus" selber lesen wollte. Ich kann schon einige Worte in Walt Disneys Magazin buchstabieren. Deswegen machen Willi und Dora mich so ungeduldig. Die Kinder im Lesebuch machen nichts Spannendes, nichts wirklich Interessantes.

Ich schaue mir öfter mal die Briefmarkenalben meines Großvaters an. Auf den letzten Seiten tauchen Marken auf, die im Profil das Bild eines Mannes mit Schnurrbart, linksgescheitelt, tragen. Als ich frage: „Wer ist das denn?" antwortet meine Großmutter nach einer Weile: „Das ist Adolf Hitler." Ich frage, wer das ist. Sie antwortet, dass er schon eine Weile tot ist, der Führer von Deutschland war und dass dann auch der Krieg gottseidank zu Ende war. Kurz, bevor ich geboren bin. Mehr sagt sie nicht, ist schweigsam.

Zwar wird über den Krieg gesprochen, Flucht, Vertreibung, Not, Verluste und Elend. Aber keiner erklärt uns Kindern, WIESO es zu dem Krieg gekommen war, auch in der Schule nicht. Irgendetwas Unausgesprochenes läuft da immer dumpf mit. Und die mit der neuen Demokratie Beschäftigten, die von neuen Gesetzen Betroffenen, die Bauern mit den vielen neu aufkommenden Gerätschaften, die Einzelhändler mit neuen Waren – die haben alle etwas anderes zu tun, als uns Fragen nach dem Wieso und Warum zu beantworten. Der Wirtschaftsaufschwung kommt ins Laufen. Auf dem Land später als in der Stadt.

Wir merken es an vielen neuen Dingen, die man plötzlich kauft, kocht, bearbeitet. Auf dem Land sind das viele interessante Konserven, die es früher nicht gab, neue Gartengeräte, andere Kleidungsstücke. Nun gibt es Eis am Stiel zu kaufen. Nylonstrümpfe sind immer noch nicht billig, aber erschwinglich. Man bringt sie zur Laufmaschenreparatur. Dort werden sie über eine Lampe gezogen, die deutlich den Verlauf der Maschenleiter zeigt. Man zahlt die Reparatur pro Laufmasche.

Bei Geburtstagen gibt es nun keine schnöden Napfkuchen mit Rosinen mehr sondern Buttercremetorten, gewaltige verzierte Gebilde. Wenn wir Kinder es schaffen sollten, mehr als zwei Stücke davon zu essen, wird uns ein wenig schlecht, denn die Torten sind unglaublich mächtig. Schokoladenbutterkrem und Mandarinenbutterkrem sind die Renner.

Ganz schwer im Magen liegt der Kalte Hund, ein aus Keksen und Schokolade plus Palmfett geschichteter, kalt zubereiteter Kuchen, der zwar toll aussieht, auch gut schmeckt, aber gründlich den Appetit auf alles Nachfolgende verdirbt.

Die Erwachsenen trinken zu Geburtstagen neue Liköre und Süßweine. Malaga und Tokajer sind sehr beliebt. Und Danziger Goldwasser, Cognac und Kosakenkaffee. Der Alkoholkonsum zu Familienfeiern nimmt deutlich zu. Mein Großvater, immer moderat, eckt deutlich an, weil er nicht so „zuschlägt" wie manch anderer.

Auch gibt es jetzt die ersten Unterwäscheartikel aus Kunstmaterial zu kaufen. Nylon zum Beispiel. Jetzt gibt es Nylon-Unterröcke und Nachthemden. Alle rosa oder hellblau.

SOMMER

Die Weidenröschen fangen an, graue Fäden zu bilden und die Disteln sind jetzt besonders schön mit ihren lila Blüten auf den dicken Kugeln, mit den vielen Bienen darauf. Dann gibt es Sommeraugenblicke, in denen die Zeit aufgehoben scheint. Ich sitze immer noch gern am Wasserrand, auf dickem altem und schon leicht vermoderndem Baumstamm, die Füße im dichten Laub, um mich herum das Grün und die große Frische.

Wenn man oben auf einer Ithklippe sitzt, ist da eine Stille, die nur der Sommer hat. Langsam kreisen die Milane im tiefen Blau. Kleine Eidechsen sonnen sich auf den Steinen. Im Buchenlaub hinter mir raschelt es. Die kleinen Bäche, die aus dem Berg kommen, sind kristallklar und führen wirklich wohlschmeckendes Wasser mit sich, - ein Labsal bei der Hitze.

Unterhalb der kleinen Quelle hat sich zwischen den Steinen ein winziger Teich gebildet. Dort bewegt sich etwas, schwebt etwas: eine große Libelle setzt sich auf die langen Gräser des Wasserrandes, dann wird es wieder still.

Die Linie der Bäume und ihr Schatten im Wasser, alles scheint ineinander überzugehen dort, wo es dunkler und samtiger wird und wo die Bäume am dichtesten stehen. Es zieht uns an den heißen Tagen in die Waldränder und zum Bach.

Da kommen nun wirklich diese Tage, an denen die Hitze flimmert und jeder kleine Schritt auf den Wegen Staubwolken aufwirbelt. Die gelben Blüten von Johanniskraut und Wurmfarn leuchten und wir warten auf Regen. Ich kenne noch Tage, da ist das Trinkwasser richtig knapp oben in den Bergen. Und wir warten auf den leichten Wind, der die Heckenrosenzweige wieder zum Tanzen bringt. An den Feldwegrändern sind wahre Dschungel von Brombeerlaub, reiche Ernten versprechend.

Irgendwann ist er endlich da, der Landregen. Und dann regnet es sich wunderbar ein, verwandelt sich alles um uns herum. Nach ein paar Tagen der Feuchte und Nebel sind da nun satte Wiesen, so grün, wie es grüner nicht sein kann. Dunkelgrün, mittelgrün, hellgrün, saftiggrün, blaugrün, silbriggrün, feuchtgrün, moosgrün, - einfach alles, was man sich unter grün vorstellen kann. Aus den Buchenwäldern drehen sich wieder die Nebelsäulen nach oben und wenn dann die Sonne hervorkommt, ist da ein Wachsen und eine Pracht um einen herum! Man will nirgendwo anders sein als hier, im Weserbergland!

Entlang der alten Feldwege purzeln die reifen Zwetschen nun nur so vor die Füße. Und überall taumeln Geschwader von oftmals berauschten Wespen, die in den abgefallenen und überreifen, teilweise schon gärenden Früchten auf der Erde sitzen und es sich gütlich tun.

Im Spätsommer sammele ich die graulila Skabiosen zusammen mit den zarten Dolden der Wilden Möhre. Das sieht so zart und fein aus. Und ich sammele auch Arme voller Goldrute. Wir stellen dann die hohen, spröden Stängel mit den gelben Rispenzweigen in die übergroße kristallene Vase. Die steht auf dem Holztisch mit weißer Hohlsaumdecke in unserer Hausdiele und nimmt den ganzen Armvoll auf. Lange Zeit leuchtet es noch golden in der Diele...

Langsam entwickeln sich auch die rotorangenen Hagebutten. Und dann fängt die Holunderzeit an: prächtige schwarz-dunkellila Dolden hängen schwer an den Zweigen.

Aber im Paradies gibt es natürlich auch die Schattenseiten: das sind die Geschwader von Bremsen und Fliegen hier auf dem Land, die die Kühe und Pferde verrückt machen, besonders an solchen Tagen, wenn die Sonne richtig sticht.

Im Vogler gehe ich über die Kuhweide meines Onkels, da steht eine Kuh vor mir und hält den Kopf so eigenartig, ein wenig seitlich gesenkt. Und schaut mich so schön an. Angstfrei, wie ich bei großen Tieren bin, denke ich: „wie zutraulich sie doch aussieht". Und will sie ein wenig kraulen. Das gute Tier senkt den Kopf, während ich sie zwischen den Hörnern streichele. Dann aber kommt alles ganz schnell. Ich halte mich noch eben mit beiden Händen an den Hörnern fest, da nimmt sie mich auch schon hoch und ich liege auf dem Kopf der Kuh, festgekrallt an ihren Hörnern, unfähig, loszulassen. Ich mache zwangsläufig ihren gewaltigen Galopp mit, bis sie mich nach einer langen Strecke von dreißig, vierzig Metern endlich abwirft und mit einem eleganten Sprung ihrer Hufe über mich hinwegsetzt. Ich bin gottseidank unverletzt, sitze etwas benommen im Gras, staune und verstehe endlich: sie hatte eine blinde Fliege im Ohr!

In die Mitte des Sommers und in die Mitte eines Sommersonntags passt nichts besser als eine Dampferfahrt auf der Weser mit „Kaiser Wilhelm". Zuhause fragen sie einen immer, ob man das angeblich längste deutsche Wort kennt:

Oberweserdampfschifffahrtsgesellschaftskapitänanwärter.
Natürlich kennen wir das.

Eine Dampferfahrt an einem heißen Sommertag ist etwas ganz Besonderes. Damals ist das Wasser der Weser noch gänzlich unbelastet. Aalreusen säumen die Ufer. Überall tauchen Fische zum Luftschnappen auf und erzeugen kleine Kreise auf der Flussoberfläche. Kühe waten ins Wasser hinein. Kleine Enten schnaddeln geschäftig an den Uferrändern entlang.

Wir gleiten langsam unter den überhängenden Ästen großer Bäume hindurch, deren laute Bewohner

– Reiherkolonien – große Strecken mit Beschlag belegt haben. Ihre großen Flügel flappen laut; ihr weißer Kot bleicht die Uferstreifen der Weser.

Meine Mutter ist heute großzügig. Eis am Stiel gibt es für mich auf dem Schiff. Und gelbe Brause. Sie und ihre Freundin sitzen entspannt auf einer Bank in Fahrtrichtung und unterhalten sich so, dass ich nicht viel hören kann. Oder soll. Ich mache Alleingänge im Schiff herum und spüre mich, Ellenbogen auf die Reling gestützt, in dieses Dahingleiten, dieses Wechselspiel von Licht und Schatten auf dem Wasser hinein. Obwohl man tief unten im Schiff gedämpfte Maschinengeräusche hört, ist es doch hier oben sehr still. Ab und zu steigt Kühle auf zu mir, wenn der Dampfer schattige Bereiche passiert. Ich bin das einzige Kind an Bord. Der Dampfer ist heute nur schwach besetzt. Ich würde jetzt gern mit einem Kind meines Alters reden...

... Dieser Hohlraum unter den Garben ist ein geheimer Ort, ...
1940

GEHEIME ORTE

Die schönsten Orte sind die geheimen Orte. Das sind Plätze, die man nur mit wenigen teilt und von denen man den Erwachsenen nicht unbedingt immer erzählt.

Einer dieser Orte ist der „Überfall", ein Ort, wo der Fluss schon den Ort verlassen hat und nun besonders breit fließt und ein großes Gefälle zu bewältigen hat und wo er dann einen tiefen Sturz in einem Wasserfall nach unten macht. Die Kante des Überfalls säumen verschieden große und glitschige Steine. Der Überfall ist die ganz große Mutprobe unter Freunden, aber auch für einen selbst, wenn man mal allein dort hingeht, denn er birgt echte Gefahren. Hierher kommt man, um das Schaudern zu spüren.

Es gilt, direkt vor dem Sturz der Wassermassen von einer Seite zur anderen über den Fluss zu kommen und dann noch einmal auf demselben Weg zurück. Dabei muss man aber höllisch aufpassen, denn die Steine sind schließlich glatt und rutschig und von unterschiedlicher Form. Das Ganze geht selbstverständlich nur barfuß, wobei die kleinen, geschickten Zehen gute Balancierhilfen sind. Man watet langsam, schweigend und vorsichtig, den Blick immer auf den nächsten Meter Wasser-und-Steinstrecke geheftet. Und irgendwo in der Mitte wagt man einmal den Blick nach unten, wo das Wasser laut, schäumend und rauschend aufschlägt und dann aus dem Dunklen heraus wieder ein Stück hoch schlägt, voller weißer Gischt und Blasen. Das Grausen gehört dazu. Und dann dieses Gefühl, heil an der anderen Seite angekommen zu sein, der Gefahr getrotzt zu haben und das Gleiche nun noch einmal vor sich zu haben!

Aber es gibt auch geheime Orte ganz anderer Art. In den Weserdörfern, nach der Kornernte, stehen die schönen Bündel der Garben zum Trocknen auf dem Feld. Ich lerne, mit flinken Händen und nach einiger Übung, Halme zusammenzuwickeln und damit Garben zu binden und dann aufzustellen. Die Garben stehen dann schräg zusammengestellt, wie Indianertipis, mit einem Hohlraum darunter, wo in den nächsten Tagen und Stunden die Mäuse reiche Ernte halten werden. Dieser Hohlraum unter den Garben ist ein geheimer Ort, eine enge Höhle, ein pieksiges und trockenes, strohduftendes Versteck. Zwei Kinder finden dort Platz zum Verstecken und zum Erzählen und Kichern miteinander. Es ist dämmrig darunter, mit einigen durchdringenden Sonnenflecken. Und dieser geheime Ort ist schon allein deshalb so besonders, weil er nicht lange erhalten bleiben kann, denn bald werden die Garben wieder aufgeladen und in die Scheune zum Dreschen gebracht...

Geheime Orte sind da auch die alten Steinbrüche im Vogler und im Solling und hinter dem Ith. Mit herrlichen Überhängen, Klüften und Sockeln. Mit sonnigen und schattigen Ecken, großen Steinplatten und aufgetürmtem, teilweise brombeerrankenüberwachsenem Geröll, wo sich Eidechsen gern sonnen. Hier kann man Klettern und Verstecken spielen und überall gibt es auch geheime Nischen zum Träumen.

Ein weiterer, obergeheimer und wegen seiner Gefährlichkeit streng verbotener Ort ist der Heuboden in der hohen, alten Fachwerkscheune, auf dem wir nichts zu suchen haben. Grund dafür ist die sehr hohe und steile Leiter, die senkrecht in der Scheune hinauf auf den Heuboden in schwindelnder Höhe führt, zweitens dort oben dann die Nähe zur Futterluke. Ein Sturz hinunter kann tödlich enden.

Natürlich überkommt uns besonders hier das Schaudern bei den geheimen und verbotenen Sachen und beim Hinunterschauen, wenn wir auf dem Bauch oben vor der Luke liegen. Alles sieht von hier hoch oben ganz anders aus, irgendwie verzerrt. Da ist wieder das Kribbeln der Gefahr im Nacken! Dann aber helfe ich selbstverständlich mit bei der Vorbereitung des Verbotenen: wir schleppen unten aus den Seitenabteilen der Scheune große Mengen Stroh herbei, reißen die Bindeschnüre auf und schleifen dann das Stroh in die Mitte, ungefähr unter die Luke. Und wenn wir dann meinen, dass da genug liegt, klettern wir die steile Leiter hoch, sammeln all unseren Mut und – springen. Todesmutig. Nicht ohne einen Angstschrei auszustoßen. Einfach hinunter.

Dabei verraten wir uns durch unser Schreien oft und da unser schlimmes Treiben geahndet wird, bringt es uns bei den Erwachsenen in große Schwierigkeiten, denn die Scheune sieht übel aus und wir werden gewaltig ausgeschimpft, weil man außerdem noch weiß: unter den dorthin geschleppten Strohhaufen liegen oft auch noch scharfe Sensen und spitze Heugabeln herum.

Es gibt auch noch andere, unglaublich geheime und aufregende, natürlich verbotene Orte. Aber wir wagen sie nicht bis in tiefste Tiefen auszuloten. Zum Beispiel die Rote-Stein-Höhle im Ith. Wir dringen so weit vor, wie unsere Augen in der Dämmerung sehen können und wissen, wie man „Räuberknochen" aus unseren Händen macht, damit ein anderes Kind dann darauf steigen kann und sich wieder hochschwingen kann und die anderen nach sich zieht. Die Höhle beflügelt unsere Phantasie immer wieder. Auf jeden Fall wird davon zu Haus nichts erzählt, schließlich wäre da der Ärger schon vorprogrammiert.

HERBST
LILA, GELB, PURPUR, GRANAT

Oh, Brombeermarmelade! Die Brombeerstellen werden verschwiegen oder unter der Hand mit Vertrauten gehandelt, damit jedes Jahr wieder gute Ernte ist. Zum Brombeerpflücken gehört eine besondere Stimmung, ein bisschen sonnig muss es sein und ein bisschen frisch, mit ganz wenig Wind. Und auch, wenn es wolkig ist, weiß man um die Sonne durch die goldenen Ränder an den Wolken.

Ferner benötigt man einen alten Handschuh oder ein gebogenes Stöckchen zum Schutz gegen die vielen Dornen. Und Behälter, die gut stehen und nicht leicht umzuwerfen sind, wenn man mal mit dem Fuß daran kommt. Körbe nimmt man nicht, weil sie durch den Saft lila verfärbt werden können.

Mit der Zeit werden die Herbsttage im Weserbergland hin und wieder neblig. Man sieht um die Mittagszeit manchmal, dass sich Nachtkälte und Mittagswärme nicht gleich vereinbaren lassen, darum wird es dann auch mal diesig um einen herum. Oft aber ist über allem ein Leuchten. Kleine Sonnenflecken gibt es, und die Umrisse erscheinen dann eher indirekt und nicht ganz so scharf abgegrenzt.

An den Wegen und an den Waldrändern stehen Hagebuttenbüsche in großen Gruppierungen; auf den Kuhweiden gibt es richtige Inseln mit vielen Metern Durchmesser, ovale, runde. Oft auch gesäumt von großen Schlehdornbüschen.

Die Kühe auf den Weiden fühlen sich noch wohl. Und sollte es nachts schon mal ein wenig kühler werden, dann huddeln sie sich gemütlich ein wenig mehr zusammen.

Am Tage aber liegen sie überall herum und vermitteln ein friedliches Bild während ihrer einschläfernden Beschäftigung mit Widerkäuen. Die Landschaft ist still.

Die Holunderzeit hat angefangen, überall hängen Unmengen der schwarzlila Holunderbüschel. Man kommt gar nicht aus dem Sammeln heraus!*

In der Bachschleife stehen ganze Dschungel von gelbem Springkraut. Meine Mutter nennt es „Rührmichnichtan". Es macht aber Spaß, es zu berühren und dann zurückzuschrecken, wenn die Pflanze ihre Samen plötzlich herausschleudert, als wenn sie einen erschießen möchte. Im Uferschlamm sind Spuren vom Rotwild. Das Wasser gluckert. Die Brombeerranken haben alles überwuchert, – alte Scheunen, Hütten, die Beine von Hochsitzen, Bahngelände.

Nun fängt auch die Hagebuttenzeit an. Die herrlich leuchtenden Beeren lassen sich gut sammeln. Es geht – trotz Dornen – relativ schnell. Und wenn man die Arbeit nach dem Sammeln nicht scheut, wird die Hagebuttenmarmelade mit dem typischen, leicht karameligen Geschmack ein Gedicht.

Der Herbst im Weserbergland ist meine allerliebste Zeit: golden, noch warm, klar, sanft (bis auf die Nächte). An herbstlichen Spätnachmittagen sind die Farben der Berge so herrlich warm und goldrotbunt mit dunkelgrünen Einsprenkelungen, dass man den Blick nicht mehr abwenden mag. Um die Stunde der Dämmerung herum wirken die Wälder schon irgendwie geschlossener und feuchter. Die Geräusche sind gedämpft, ganz leicht zurückgesetzt. In der Ferne sieht man schon die ersten Lichter in den Wohnküchen der Menschen. In dieser Zeit ist es irgendwie friedlicher um einen herum. In der Luft liegt ein Hauch von Abschied, eine Süße, eine Sehnsucht.

In den Gärten dominieren die Farben Gelb, Gold, Rotgold, Rubin, Granat, Kupfer und Lila. Die hohen

*) *Apfel-Brombeer-Schlehensaft*
*Der ist ganz leicht herzustellen, sogar mit nur
wenig Zucker, und wird gleich in sterile Flaschen
abgefüllt. Die Schlehen für besondere Herbheit,
die Brombeeren für tiefes Aroma, Äpfel für
Lieblichkeit. Gut gewaschen, klein geschnitten, in
großem Gefäß oder Dampfentsafter kochen. Der
Saft hat eine herrliche Farbe, wie dunkle Rubine.
Daraus werden prima Sachen gemacht für kalte
und dunkle Winterabende: zum Beispiel ein Punsch
mit vielen leckeren Gewürzen und mit Honig oder
Kandis. – Ein duftendes Gedicht. Aber auch ein
Trost und eine Hilfe gegen inneres und äußeres
Kaltwerden. Auch ein Heilmittel bei Erkältungen.
in Gelee daraus ist vielseitig zu genießen: als Gelee
eine kalte Beilage zu verschiedenen vegetarischen,
aber auch zu besonderen Fleischgerichten. Oder
natürlich dünn auf einem Roggenbrötchen, das
vorher mit Frischkäse bestrichen wurde ...*

Sonnenblumen lassen ihre vollen, frühstückstellergroßen Blütenkörbe schwer nach unten sinken. An jedem Zaun, an jedem Eingang zu altem Stall oder Schuppen stehen jetzt lila Bergastern und Chrysanthemen, auch in bronzefarben. Selbst hässliche Drahtzäune sehen jetzt durch das Leuchten der vielen Blumen auf wundersame Weise veredelt aus. Es gibt auch noch Strohblumen zum Trocknen für den Winter, die Fette Henne und die Schwarzäugige Susanne. Goldene Kürbisse hocken auf Komposthaufenrändern, Ranken weit ausgebreitet.

Die alten, knorrigen und dichtbehangenen Obstbäume wirken so milde und gut und tragen geduldig ihre Fracht. Die Gärten werden abgeerntet. Die ersten herbstlichen Bratäpfel kommen auf den Tisch. Oder Apfel im Schlafrock, eine Spezialität meiner Großmutter. Mit Vanillesoße.

Wie schnell wir mitten im Herbst sind! Es ist so rasend schnell geschehen, dass die Blätter abgefallen sind! Wo doch gerade noch alles so prächtig bunt und wundervoll war! Wie im Zeitraffer haben die Bäume schon die Hälfte der Blätter verloren. Die goldenen Blätter hatten selbst einfache und gänzlich unauffällige Straßen optisch veredelt; dort wirkten Ahornblätter in der Sonne, bewegt durch leichten Wind, wie reines Gold.

An einem unvergesslichen Abend im Herbst wird der Himmel immer aufregender, oft dramatisch. Was für Farben! Über Solling, Vogler, Ith, Hils, Süntel und Deister eine unglaubliche Decke aus ineinander greifenden Wolken und Wölkchen, Farbfeldern in dunkelblau, blaugrau, rauch, orange, sich gegenseitig berührend, bedeckend, rollend, ziehend, schwer und prunkvoll wie der kostbare Mantel einer berühmten Diva.

Mit eigenen Augen sehen wir ein Schauspiel, das wir mit offenem Mund betrachten – unglaubliche Formationen und das Gefühl, nicht mehr auf diesem Planeten zu sein, solche Weite, solch gewaltiges, wunderbares Geschehen.

Die orangefarbenen Wolken, mit dem Stahlblau verbunden, haben einen leichten Rauchüberzug, darunter etwas Aprikosiges. – Seltenes Farbwunder im Herbst. Abschiedsfanal.

Mit den Tagen bekommt die Luft nun wirklich schon eine andere Qualität. Die Wolken sehen jetzt anders aus, schweben niedriger über der Erde. Hügel sind durch die zarten Nebel in Silber gehüllt, die restliche Belaubung scheint noch bunt durch. Die Voglerwiesen sind immer noch smaragdgrün in ihrer Feuchtigkeit. Es scheint, dass selbst alte Kirchtürme in den Dörfern in der herbstlichen Feuchte ein wenig Patina bekommen haben. Und eine gute Freundin, eine riesengroße alte Pappel, die sonst immer so schön dicht und saftig grün gebebt hat, ist jetzt längst nicht mehr so füllig und hat sparsame, gelbgrüne Blätter bekommen.

In den Gärten stehen die letzten Rosen und Reste der Tagetes. Ringelblumen halten wacker durch. Es gibt sogar noch ein paar späte Rosen und die üppigen Dahlien geben auch so schnell nicht auf.

Mein Opa und ich vor unserer Buchhandlung,
dahinter der großmütterliche Hof, 1954.

Der winzige Laden liegt günstig, genau in einer Kurve in der Ortsmitte. Die meisten Leute gehen hier jeden Tag vorbei. Und so kommt auch viel Kundschaft. Besonders an Freitagen. Dann aber wird es richtig eng.

Der Raum ist so winzig, dass gerade mal meine Mutter und noch eine zweite, schmalere Person hinter dem L-Tresen entlang gehen können. Für zwei Ausgewachsene ist es schon fast zu eng. Über dem kalten Steinfußboden liegen leicht erhöhte Holzroste mit einer Doppelfunktion: im Winter schützen sie die Füße vor Kälte, außerdem stellen sie die richtige Höhe zur Kundschaft her. Maximal 5-6 Kunden können auf der kleinen Fläche vor dem Tresen stehen. Freitags, nach Erhalt der Lohntüten, ist Andrang. Oft muss dann die Tür geöffnet bleiben, weil nicht alle mehr hineinpassen.

Meine Mutter bewerkstelligt kleine Wunder; sie hat eine Gabe, alles Nötige in den Regalen und über und unter dem Tresen unterzubringen. Platzmangel macht sie erfinderisch; Lücken gibt es kaum. Auf dem Tresen stapelt sie die meistgekauften Zeitungen, hintereinander versetzt. Am L-Knick des Tresens steht ein hoher, lindgrüner Holzkasten mit abklappbarem Glasdeckel. Darin stehen hochkant Hunderte von Bleistiften (weich, mittelweich und hart), Kopierstifte und Buntstifte in allen Farben, die man natürlich einzeln kaufen kann. Das sieht schön aus und ist ein Blickfang für die Kunden. Die langweiligeren Sachen – Briefpapier, Briefumschläge, Radiergummis und metallene Anspitzer – hat sie unter dem Tresen liegen. Und in den Tannenholzregalen an den Wänden ringsum stehen Kartonschubfächer mit allen möglichen losen Papieren: weißes Schreibpapier, Löschblätter, Linienblätter, Quittungshefte, karierte und linierte Doppelbögen, Schulhefte, Kladden und Blaupapier für die Schreibmaschine. Und verschieden große Briefumschläge. Überall in den Regalen stehen auch kleine Kartons und Dosen mit Musterklammern, Reißbrettstiften, Minen, Gummibändern, Siegellack, Schreibmaschinenbändern aus Seide, Tintenfässchen, Stempeln und Stempelfarbe, Füllern und Schönschreibfedern und Stahlfedern mit hölzernen, lackierten Federhaltern. Und ein langer, schmaler Karton mit Geburtstags-, Pfingst-, Trauer- und Konfirmationskarten.

In den 50ern hat man nicht so hohe Ansprüche, was die Illustration von Glückwunschkarten angeht. Man kauft häufig und gern Briefkarten. Schließlich haben nur wenige Telefon; das ist noch reiner Luxus. Und ein langer Brief macht zu viel Aufwand. Da schreibt man gern mal eben ein paar kleine Zeilen auf solche Blankobriefkarten und kündigt damit seinen Besuch an oder teilt ein familiäres Ereignis mit. Die Karten beginnen meistens mit: „Ihr Lieben Alle", dann ist schon ein Fünftel der Fläche weg. Es folgen zwei Sätze und dann unterschreibt „Dein lieber Karlheinz" oder „Deine liebe Mutter". Trauerkarten sind eigentlich nur mit dem schwarzen Rand versehen und die Auswahl der Beileidsphrasen ist auch stark begrenzt. Zum Geburtstag kennt man keine Glückwünsche im Umschlag. Es gibt nur einfache Karten, aber mit üppig rosa Rosenmotiven. Außer zu Weihnachten schreibt man sich auch zu Ostern, zu Pfingsten, zur Hochzeit und zur Konfirmation. Die Pfingstkarten haben meistens Bilder von Birken oder frühlingshaften Bäumen darauf. Die Konfirmationskarten sind sehr seriös und den Trauerkarten nicht unähnlich. Auf Osterkarten sind immer bunte Eier abgebildet, alles gelbgrün mit Bändern oder Schleifen.

In einem kleinen Fach hat meine Mutter auch einen ziemlichen Vorrat von Lackbilderbögen und Bastelbögen. Lackbilder sind in den 50ern etwas ganz Wichtiges für kleine Mädchen. Sie kommen in den Laden und schauen sich lange und sehnsuchtsvoll die Bögen voller rosa Rosen, Nelken, Engelchen, blauer Bänder, Hasen, Wichtel, Maiglöckchen, Vergissmeinnicht an, mit all den vielen kleinen, braven Kindern mit Hündchen oder Kätzchen darauf. Und mit den blauen Schwalben mit einem Brief im Schnabel. Dann tippen Sie mit ihrem Finger auf ein Bild, und meine Mutter löst es heraus. Ein ganzer Bogen ist ein Luxus und kostet mindestens 50 Pfennig. Die einzelnen Lackbilder sind mit kleinen Papierstegen zum Abschneiden verbunden. Ein einzelnes Bild kostet 5 Pfennig. Meine Mutter gibt oft ein weiteres Bild umsonst dazu. Die Schätze werden dann in kleine Papiertüten gegeben, damit die glänzende Oberfläche auf dem Weg nach Haus geschützt bleibt.

Die Bilder werden geliebt, sind Tauschobjekt und Freundschaftsbeweis, Sammelgut und natürlich hochbegehrt in Poesiealben, wenn die Mädchen nicht mehr ganz so klein sind.

Weiter nach hinten liegen in den Regalen die Wochenzeitschriften, die ersten Zeitschriften und Magazine der 50er. Damals liest man außer zwei oder drei heute noch bekannten die QUICK, die REVUE, die CONSTANZE, auf den Titelbildern Hildegard Knef, Dieter Borsche, Ruth Leuwerick, Hans Albers, Maria Schell. Für die bescheidene Erotik der 50er gibt es die GONDEL mit ein bisschen langem Bein, hohen schwarzen Absätzen und zweiteiligen Badeanzügen. Und weil man ja noch alles selber näht, existiert DER NEUE SCHNITT mit Schnittmusterbögen zum späteren Ausradeln auf Zeitungspapierbögen.

Es gibt zwei Regalreihen voller Kinderbücher, darüber die für Erwachsene. Ganz oben, wo man nicht so oft hinlangt, stehen noch einige dicke Ordner und ein paar Briefmarkenalben, Buchführungsjournale, Poesiealben, Fotoalben. – ALL DAS AUF DIESER WINZIGEN FLÄCHE !!! (Gottseidank hat das Haus noch viele trockene Kammern, wo auch je nach Saison Schulbücher und seltener gefragte Sachen gelagert werden können.)

Meine Mutter trägt ständig einen grüngenoppten Gummifinger an der rechten Hand. Es gibt täglich viel zu zählen und sie ist flink dabei. Schließlich gibt es in den 50ern Briefpapier noch einzeln und Briefumschläge auch. So kann es sein, dass eine Frau hereinkommt und nur 5 Blatt Papier und 2 Briefumschläge (graublau oder graugrün) kauft. Meine Mutter gibt immer ein Extrablatt Papier kostenlos dazu; das gehört sich so, sagt sie. Das Papier wird dann gerollt und ein kleines grünes Gummi darum getan, damit es nicht verrutscht.

Ich bekomme eine feste Fußbank hinter den Tresen gestellt, die mich optisch erhöht. Denn freitags, wenn es so voll ist im Laden, bediene ich Kinder und Leute, die nur ein paar einfache Sachen brauchen. Ich ahme dabei meine Mutter nach und irgendwann schaffe ich auch den Dreh mit dem richtigen Zurückgeben.

„Ein 2B-Bleistift? - Das macht 25 Pfennig." Ich habe schon gelernt, wie das jetzt geht, wenn ich auf eine Mark zurückgebe: „ 25, 50, eine Mark, Dankeschön". Und natürlich vorher den Bleistift eingerollt in eine kleine Papiertüte.

Mein Großvater kommt nur aus seinem Büro im Nebenraum, wenn es gar zu voll wird oder wenn er mal kurzfristig meine Mutter vertreten muss. Es ist nicht sein Ding. Er ist leicht genervt, wenn Leute kein Deutsch können oder dumme Sachen sagen. Und da ist er manchmal schlecht zu bremsen. Meiner Mutter ist das dann peinlich.

Ich aber finde es sehr witzig und kann mich manchmal vor Lachen ausschütten.

Meine Mutter ist gerade nicht da und die Ladentür geht auf. Mein Großvater erscheint in der Türfüllung. Eine Frau tritt herein, ein schlichtes, nettes Gemüt. Sie scheint aber nicht recht zu wissen, was sie will.

„Na?", sagt mein Großvater. Sie besinnt sich noch. „Jaaaa?", sagt mein Großvater und ich merke in seiner Stimme schon die Ungeduld aufsteigen und denke: „gleich geht es los..." Noch ist Gustav gebremst. Aber sie äußert sich immer noch nicht...

„Na!" sagt mein Großvater und klopft leicht auf den Tresen. Da endlich sagt die Frau, unendlich langsam: ..."ich möchte...äh..."

„Ja, was denn?" sagt mein Großvater, und seine Finger klopfen etwas stärker auf das Tresenholz. Dann endlich kommt es: jaaaa, ich will ein Hein und Welt." Mein Großvater kann es nicht lassen, den richtigen Namen der Zeitung laut und deutlich zu sagen und dabei streng über seine Brille zu blicken. Die Frau ist sichtlich ein wenig eingeschüchtert und schaut auf das blau-weiße Blättchen, das jetzt auf dem Tresen liegt. „Noch was?" sagt mein Großvater. Sie schaut nach oben zur Ladendecke, tritt von einem Fuß auf den anderen, juckt sich an der Nase, versucht, sich zu erinnern. Dann, ganz erleichtert, sagt sie: „und noch ein Umschlag."

Nun ist es aus mit Gustavs Geduld..... „'nen kalten oder 'nen warmen?" fragt er. Sekunden vergehen, sie starrt ihn an. Dann, endlich, ganz erleichtert, schießt es aus ihr heraus: „nen warmen!!!"

Ich muss noch schnell meinem Großvater schwören, meiner Mutter nichts zu sagen. Das wird schwer, denn immer, wenn wir uns ansehen, müssen wir lachen.

Januar 1954 mit Hund Senta

Es ist gar zu kalt draußen. Morgens sieht man jetzt nur noch glitzernde Schwärze durch den Gardinenspalt. Das Glitzern kommt vom Eis, das ins Zimmer herein gewachsen ist. Auch drinnen, im Schlafzimmer, ist es eisig und die Kälte versetzt einem einen Schock, wenn man unter dem Federbett hervorkommt. Und da ist dann immer einer leichter Petroleumgeruch in der Luft. Meine Mutter hat nämlich eine kleine, mit Löchern durchbrochene, olivgrüne Blechsäule als Kampfmittel gegen die Kälte gekauft: einen winzigen Petroleumofen, der aber nur höchstens im Umkreis von anderthalb Metern einen Hauch von Wärme verbreitet. Seine Geruchsleistung ist eindeutig höher als seine Wärmeleistung. Aber: „besser als gar nichts", sagt meine Mutter.

Bevor der bitterste, der Eismonat zuschlägt, gibt es immer schon in den ersten kalten Tagen segensreiche Wärmflaschen. Die werden auf die kalten, glatten Laken gelegt, bevor sie vom enormen Federbett darüber bedeckt werden. Damals haben wir zumeist noch Wärmflaschen aus dunkelbraunem, glasiertem Ton; riesige Gesellen sind sie, sorgsam in Häkelmäntelchen eingepackt, damit wir uns unsere Füße nicht daran verbrennen. Sie leisten zwar einiges, nehmen aber auch viel Bettfläche ein und sind steinhart. Später gesellen sich rote Gummiwärmflaschen, ebenfalls behäkelt oder bestrickt, hinzu.

Jeden Morgen versuche ich, ein kleines Guckloch in die Scheibe zu hauchen, um wenigstens eine Ahnung von der Welt draußen zu bekommen. Aber ich sehe nur Schlieren im Glas. Mich graut der Gedanke an draußen. Aber wenn ich mich dann, – zitternd und schnatternd vor Kälte– angezogen habe, wächst der Mut. Kleidungsmäßig bin ich mit Hilfe meiner Mutter für Sibirien gerüstet. An ein dickes weißes Leibchen werden graue lange Wollstrümpfe geknöpft. Darüber kommen die Unaussprechlichen: weiße, hellrosa oder hellblaue, dicke, innen angeraute Baumwolljerseyschlüpfer. Ich hasse deren schlabbrige Glockenbeine, die unter jedem Wollkleid oder Wollrock hervorblitzen und die auf jedem Foto zu sehen sind. Ich ziehe die schwarze, ebenfalls schlabbrige, ausgebeulte Trainingshose vor. Darüber kommen noch kratzige Pullover und beim Rausgehen trete ich in meine Kinderstiefel und ziehe mein einziges Lieblingsteil an: eine Jacke aus weichem, hellbraunen Kaninchenfell. Dazu gibt es auch noch einen Muff aus dem gleichen Material. Der Muff ist fein und, vergraben in diese beiden Teile, habe ich das Gefühl, dass mir nun nichts mehr passieren kann da draußen.

So lange ich zurückdenken kann, ist jedes Jahr weiße Weihnacht und das Schneetreiben geht im Januar dann erst richtig los. Im ersten Schuljahr ist der Winter so bitter kalt, dass einige Eltern ihre Kinder Huckepack zur Schule tragen. Mir passiert das auch ein oder zwei Mal. Die Schneewälle den Bordstein entlang sind so hoch, dass ich nicht hinüberschauen kann.

Alle Geräusche sind nun gedämpft. Da klackern keine Pferdehufe mehr laut über das Kopfsteinpflaster, denn das ist in dicke, festgefahrene Lagen Schnee eingehüllt. Die Schlittenkufe aber gleiten über alles hinweg. Einige Bauern haben auf ihren Höfen noch Pferdeschlitten. Und das sieht so wunderbar aus, wenn die Pferde den Schlitten ziehen, so leicht und fast lustig. Manchmal klingelt sogar ein Schlittenglöckchen. Ich wäre so gern mitgefahren, hätte was drum gegeben. Aber leider passiert mir das Märchenhafte nur einmal.

Wenn endlich das Licht durchkommt, fühlt sich der Tag schon angenehmer an. Unten auf der Diele steht der Schlitten parat für den Nachmittag. Später stehen dort die alten kurzen Skier meines Vaters, die er im Krieg in Finnland benutzt hat, aus Holz, geschnitzt und vorne mit einer gelochten Extraspitze versehen. Durch die Löcher wird eine Lederschnur geführt. Die Schnur hält nicht nur die Skier zusammen, sie ist auch Halteband, wenn man die Bretter auf dem Rücken trägt; die nimmt man dann heraus und steckt sie in die Tasche, bevor man losfährt.

Ich bin unglaublich stolz auf meine Skier, selbst wenn es viel Arbeit macht, sie jedes Mal wieder sorgfältig zu wachsen. Auch, wenn sie nicht gerade hochelegant aussehen, unlackiert und ein wenig derb sind, kommt man doch damit fein die Hänge herunter. Außerdem sind sie kostbare Erinnerung an meinen Vater. Und: ich kenne kein Kind im Ort, das solche Skier hat. Mutters Freundin im Harz hat mir äußerst schlichte Haselnuss-Skistöcke ihrer pubertierenden Söhne geschenkt, die sich in junge Riesen entwickelt haben. Für mich haben sie die perfekte Größe: alles Marke Eigenbau, zugeschnittene, dicke, gerade und knorrige Ruten, oben mit angenagelter Lederschlaufe zum Halten, unten mit einem runden Konstrukt aus gebogenen Weidenruten und Lederbändchen versehen. Sie erfüllen aber ihren Zweck ganz ausgezeichnet. Von einem der Harz-Jungen bekomme ich seinen alten grauen Anorak, der ihm zu klein geworden ist. Und auch noch seine grünen Strickhandschuhe. Und nun bin ich, – nach zahlreichen blauen Flecken und vielfachem Ausgleiten und Hinfallen - relativ schnell soweit, die Bewegungsabläufe zu erfühlen und mit dem Körper zu begreifen, die Hänge dort hinunter zu fahren und nicht mehr hinzufallen. Kinder lernen so etwas so schnell ...

Die Bindungen der alten Skier sind – mit heutigen Augen betrachtet – alles andere als TÜV-fähig, denn sie bestehen pro Ski nur aus zwei daran befestigten Lederriemen mit Löchern und Schnalle. Die vorderen Riemen, um die Stiefelspitze wie ein Gürtel geschnallt, fixieren den Ski am Fuß. Die hinteren Riemen legt man über die Ferse, zieht sie dann fest an und sichert sie mit Metallbügel. So wird der Fuß vorne und seitlich am Ski festgehalten, ist aber hinten für Langlauf und Wanderungen gerade beweglich genug. Fällt man, hat man Pech, denn die Bindung öffnet sich nicht ...

Das Weserbergland ist bei dem hohen Schneevorkommen der 50er Jahre geradezu ein Paradies für heranwachsende Kinder. Suche ich Gesellschaft, fahre ich mit anderen Kindern Schlitten. Will ich Abenteuer und Weite, nehme ich Vaters Ski und lerne ein ganz anderes Land kennen. Glitzernd und still und mit völlig verfremdeten Umrissen. An den Zweigen kahler Hagebuttenbüsche hängen noch kleine gefrorene Butten und überall ernten die daheim gebliebenen Vögel die restlichen Beeren ab. Dicke Amseln picken unter der Schneedecke herum.

Um diese Zeit sieht man viele Krähen in den hohen, nackten Pappeln sitzen. Große, hungrige Schwärme von ihnen krächzen und verstärken mit ihren harten Stimmen den Eindruck von Einsamkeit in der großen weißen Fläche. Auch den Tauben sieht man das Frieren an. Die Meisen aber sehen nicht so traurig aus; sie bewegen sich schnell und lebendig und geschäftig.

Ich muss bald umkehren. Ich sehe dem Himmel an, dass es nicht mehr lange dauert bis zum schnellen Dunkelwerden. Außerdem knurrt mein Magen ganz aufdringlich und wölfisch und meine roten Ohrläppchen sind brennend heiß. Aber nun kommt erst die richtige Belohnung: der Rückweg, der Zug die Berghänge hinunter. Keine steile Abfahrt, aber ein unentwegtes, herrliches

Hinuntergleiten, mal schneller, mal gebremster durch holperigen Untergrund, aber immer weiter, hinweg über das eisige Glitzern. Manchmal sogar fast elegant. Und wenn es dann schneller wird, löst sich immer wieder ein Schrei. Man kann man nicht anders, man muss sich Luft machen! Weil es einfach nur wunderbar und frei ist und nie aufhören soll und der Genuss für immer so bleiben soll....

Auch im Ort angekommen, gleite ich immer noch ganzes Stück Gefälle hinunter bis zur Ortsmitte. Nun ist es schon fast dunkel und in den Küchen ist es überall erleuchtet und bei vielen ist das Abendessen schon im Gange. Ich mache mit klammen Fingern das große Tor auf, binde noch schnell die Skier zusammen und stelle sie an die Dielenwand, eile dann in dicken Socken die knarrende alte Holztreppe hoch, den warmen, würzigen Suppengerüchen nach bis in die Küche, reiße mir vorher noch den Anorak vom Leib und werfe mich völlig erledigt in den alten Sessel. Mein Gesicht, meine Finger brennen wie die Hölle und mein Magen fühlt sich an wie ein leerer Schlauch.

Meine Großmutter schlägt die Hände über dem Kopf zusammen, während sie zusieht, welche Mengen ich konsumiere. Die warme Bohnensuppe und das Graubrot machen müde, der Magen ist voll. Ich trinke gierig noch ein paar Tassen heißen, süßen Tee und schaffe es dann gerade noch, meine Sachen auszuziehen und in mein Nachtzeug zu schlüpfen. Dann verschwinde ich, dankbar und satt, unter dem berühmten, angewärmten Federbett, dass die Engländer zu Recht „cloud" nennen. Und so fühlt es sich auch an: wie eine dicke, wohltätige, alles zudeckende weiße Wolke. Der Bücherstapel auf dem Nachttisch bleibt heute Abend unberührt ...

DER GROSSE LINDWURM

„Kuck mal, da liegt er wieder, der große Lindwurm!"
sagt Freundin Gudrun vor einigen Monaten, als ich
sie im Sommer vom Bahnhof abhole. Sie meint natürlich
den Ith. Beim Vergleich muss ich lächeln und denke an
früher. Ja, sie hat Recht: schon von weitem sieht er, der
Ith, der Drache, die Keltengöttin Ithara, tatsächlich wie
eine riesige Echse aus, die sich lang und wellig dahin
schlängelt und die wie ein davor postierter Wächter alle
nachfolgenden Berge und Hügel abschirmt. Kraftvoll ist er
und auch so geheimnisvoll wie der uralte Drache aus den
Erzählungen.

Unser Schlafzimmerfenster geht zum Hof hinaus und
meine Mutter hat dort schlichte helljadegrüne Gardinen
angebracht. Ich mag diese Farbe sehr gern und als sie
aufgehängt werden, drängele ich so lange, dass sie beim
Zuziehen der Vorhänge immer eine Spalte, einen ganz
bestimmten, schmalen Ausblick für mich frei lassen muss.
Wenn ich dann in meinem Bett liege (vorausgesetzt,
es ist nicht gerade die dunkle Jahreszeit), kann ich vor
dem Einschlafen noch genau zwischen den Dächern des
Kornbodens und der Scheune hindurch blicken, an den
Ästen einer alten Hofbirke vorbei, über Garten und Fluss
hinweg – und darüber genau auf den großen Lindwurm!

Ich sehe ihn als erstes beim Aufstehen und als letztes,
bevor sich abends meine Augen schließen. Er ist mein
Festpunkt. Und er ist auch meine Rückversicherung, dass
alles immer wieder in Ordnung ist, dass alles noch fest und
klar ist. Meine Beziehung zu ihm ist eine familiäre und
ganz persönliche.

In meiner Kindheit sind seine weißen, zerklüfteten Klippen noch für alle von weitem sichtbar. Ihre bizarren Umrisse regen die Phantasie an, lassen einen Rätsel raten, verlocken zum vorsichtigen Besteigen. Die Buchen, die heute die Klippen überragen und nur wenige Lücken zulassen, sind damals noch klein und jung, fügen sich der Herrschaft des Gesteins und verstellen nicht den Blick auf die Harmonie der Landschaft.

Es ist ein herrschaftliches Sitzen oben auf den großen Klippen. Mein Großvater und ich genießen es immer wieder, einfach nur ruhig auf dem Kamelskopf oder dem Umgestülpten Pferdefuß zu sitzen und ins Land hinein zu schauen, über dem eine große Stille liegt. Er zeigt mir Dinge. Mein Auge folgt der Richtung seines spazierstockverlängerten Arms. Er zeigt mir, von knappen Worten begleitet, die kreisenden Raubvögel, die leicht vom Wind bewegten Weizenfelder und nennt mir die Namen der Erhebungen im Hintergrund. Er zeigt mir die Dinge und Orte, die Formen und Umrisse, die man nur aus der Höhe und nur aus der Ferne wirklich gut erkennt.

Im Sommer flimmert dann manchmal die Luft in der Hitze und dann liegt ein solcher Glanz über der Landschaft, dass man die Augen abschirmen muss.

Im umgebenden Wald oder am Fuß der Klippen gibt es immer etwas zum Auflesen und Mitnehmen, zum Schauen oder zum Beschenken, je nach Jahreszeit. Ein paar Buschwindröschen für meine Großmutter. Später, weiter oben, Maiglöckchen. Noch später, am Fuße der sonnenbeschienenen Hänge, finden wir ganz besonders sonnensüße und aromatische Walderdbeeren. Im Frühjahr aber, an lichten Stellen zwischen den Buchen, sammeln wir – genau zur rechten Zeit – Waldmeister in Spankörben. Für den gibt es immer zuhause große Nachfrage. Schließlich ist er, getrocknet in kleinen Bündeln und danach in Säckchen aufbewahrt, begehrter Bedufter unserer Schränke und Truhen.

Der Ith schenkt uns zwei verschiedene Aspekte des Weserberglands, fast sogar schon zwei ganz ungleiche Betrachtungsweisen: da gibt es einmal den Blick nach Nordosten. Dort zeigt sich die Landschaft offener, kühler, frisch durchweht und herb-schön und zieht den Betrachter in die Ferne. Die tieferen Abhänge und Kräuterwiesen auf dieser nördlichen Seite, Richtung Calenberger Land, verstärken den Eindruck von Höhe, Weite, Freiheit und Loslassenkönnen. Und die kleine, sanfte Brise, die hier immer weht, erleichtert das freie Atmen. Hier ist das Luftelement zu Hause und es wundert nicht, dass hier oben die Segelflieger sanft und still gleiten und ihre Kreise ziehen ...

Auf der anderen, der Klippenseite, mit dem Blick nach Südwesten, ist die Wahrnehmung eine ganz andere: diese Landschaft liegt überschaubar, geschützt, waldumschlossen, behütet und märchenhaft eingebettet da. Hier ist der Eindruck: Umarmt sein, Geborgenheit, Scholle, bäuerliche Landwirtschaft, das Wachsen und Reifen, und auch ein bisschen Behäbigkeit und Stärke. Das Erdelement. Die Sonnenseite. Arbeiten und dann Ausruhen ...

An dieser Stelle danke ich meinen bäuerlichen Vorfahren und Verwandten entlang der Weser und in der Ithbörde, die nicht mehr sind; und ich danke auch deren Nachfahren, von denen viele nicht mehr in der Region leben. Einige aber sind geblieben oder sogar im Alter zurückgekehrt. Und die meisten von ihnen schätzen die Landschaft und die Schlichtheit der Menschen wie eh und je. Sie freuen sich darüber, ihre eigenen Geschichten von damals (gleich nach dem II. Weltkrieg) erzählen zu können.

Ich danke meinen Freundinnen für ihre Anregungen und Kommentare beim Lesen meines Manuskripts: Susanne Petri, die dem Sog des Weserberglands gefolgt ist und nur zu gern hier lebt, Gudrun Wenzel, die mit mir seit frühester Kindheit viele Eindrücke in diesem Buch teilt, Ruth Wigger, die seit Jahren zwischen Harz und Weser richtig zu Hause ist und die sich tief in alles hinein fühlen kann, Sigrid Sonnenburg, die sich die Landschaft meilenweit und bis ins Herz hinein erwandert hat.

Ich danke allen Freunden aus dem Umfeld der Bürgerinitiative Tuchtberg, die diese Landschaft aufrichtig lieben und um deren Erhalt und Unversehrtheit kämpfen.

Ich danke meinem Verleger, Jörg Mitzkat in Holzminden, ganz herzlich für den Vorschlag, aus der Fülle meines Materials ein Lesebuch zu machen und dadurch eine viel klarere Struktur zu schaffen, was mir sehr geholfen hat ...

Meinem Mann, Rainer Baum, gebührt ein Orden. Er hat mir den Rücken frei gehalten für meine Arbeit an diesem Buch. Danke, Rainer, für Deine Begeisterung für meine Materie, für unzählige Kannen Tee, Teller mit Schnittchen (diskret neben die Tastatur geschoben), für erledigten Abwasch und so vieles mehr . Ohne Dich hätte ich nie die Zeit gehabt, dies zu schreiben!

Holzen/Ith, im Oktober 2014

Marrie Powell